Una bruja sin escoba

ANTONIA J. CORRALES

Una bruja sin escoba

HISTORIA DE UNA BRUJA CONTEMPORÁNEA

amazonpublishing

Publicado por:
Amazon Publishing, Amazon Media EU Sàrl
5 rue Plaetis, L-2338, Luxembourg
Junio, 2018

Diseño de cubierta por lookatcia.com
Imagen de cubierta © Henrik Sorensen © stock_colors © Angel Uriel Ramirez Gonzalez / EyeEm/Getty Images; © Cultura Creative (RF) / Alamy Stock Photo
Producción editorial: Wider Words

Impreso por: Ver última página
Primera edición digital 2018

ISBN: 9781477819760

www.apub.com

SOBRE LA AUTORA

Antonia J. Corrales es una escritora española nacida en Madrid en 1959. Después de varios años trabajando en el mundo de la administración y dirección de empresas, decidió dedicarse de lleno a la escritura. Comenzó a adentrarse en el mundo de la edición en 1989 como correctora, y desde entonces ha trabajado como lectora editorial, columnista, articulista, entrevistadora en publicaciones científicas, jurado en certámenes literarios y coordinadora radiofónica. Ha sido galardonada con una veintena de premios en certámenes internacionales.

Es autora de las novelas *La décima clave*, *La levedad del ser*, *As de corazones*, *Epitafio de un asesino*, *En un rincón del alma* y su segunda parte, *Mujeres de agua*. Con *En un rincón del alma* lleva más de cinco años en el top de ventas en España, Estados Unidos y América Latina. Traducida al inglés, griego e italiano, su última novela publicada de forma independiente es *Y si fuera cierto*, y se estrena ahora en el sello Amazon Publishing con *Una bruja sin escoba*, la primera parte de la trilogía Historia de una bruja contemporánea.

Paciencia, escocés. Lo has hecho muy bien, aunque te llevará tiempo continuar. Generaciones enteras nacen y mueren continuamente. Tú estarás con los que viven mientras quieras, los pensamientos y los sueños de cada hombre son tuyos ahora. Tienes más poder de lo que se pueda imaginar. Utilízalo bien, amigo mío, no pierdas la cabeza.

Los inmortales

No estoy loco, simplemente, mi realidad es diferente a la tuya.

LEWIS CARROLL, *Alicia en el País de las Maravillas*

PRÓLOGO

No quise creer en la existencia de las brujas hasta que me vi obligada a aceptar que era una de ellas. Una bruja torpe y sin escoba que habitaba en una ciudad ruidosa, de calles asfaltadas y semáforos que acompañaban con sus luces verdes, ámbar y rojas mis pasos en la madrugada; una bruja que se sentía presa, encadenada a una agenda y un reloj. Hacía años que había dejado de volar, que había cambiado el rumor del bosque por el sonido atronador de cientos de coches con venas de plástico y sangre negra.

Vivía en una gran urbe donde la magia había desaparecido, devorada por los atascos en hora punta y a deshora. Los hechizos lanzados al aire se perdían entre el bullicio de los centros comerciales abarrotados y la luz de las farolas impedía que los seres fantásticos se escondiesen entre las hojas de unos árboles que se habían ido, que habían dejado de sombrear las aceras. La magia, allí, únicamente daba señales de vida en la literatura y el cine. Muchos querían creer en ella. Eran conscientes de que la necesitaban para vivir, para darle sentido a una vida que parecía virtual, ajena a uno mismo, pero pocos se atrevían a decir que creían. Eran escasos los disidentes, los que le echaban ganas y coraje para buscarla en la mirada perdida de un mendigo o en un cielo donde las estrellas habían desaparecido, absorbidas por el agujero negro de la civilización. Los presentimientos se diagnosticaban como angustia, las visiones como delirios y la mayoría creía que el tiempo en el que vivía, aquella realidad ruidosa y ajena, donde los deseos y los sueños se controlaban como si estuvieran envasados al vacío, era la única. La única realidad, la única posibilidad, la única salida, pensaban. Pero... se equivocaban. Tras ella había muchas otras, y cada una, cada realidad, era vital para que existiesen las demás. Para habitarlas, solo era necesario creer, pero muchos hacía tiempo que habían perdido la fe.

Capítulo 1

Nos conocimos en una de las tiendas que la empresa americana para la que trabajaba tenía en el centro de la ciudad. Fue el día que recogí unas zapatillas exclusivas cuyo precio se duplicaba en el mismo momento de su adquisición y que solo se podían conseguir a través de un sorteo previo en el que me había apuntado con la esperanza de resultar seleccionada. Y, en efecto, así fue. Con un poco de suerte las revendería y destinaría el beneficio a reparar mi ala delta, que se había rasgado tras un abrupto aterrizaje hacía unos meses. De aquel traspié me quedaron varios moretones en las piernas, el mono roto en la zona de las rodillas y el aspecto propio de haber mantenido una reyerta con un gato callejero. Solía volar una vez cada quince días. Tomaba las corrientes de aire y, abismada en otra perspectiva del mundo, olvidaba el bullicio, el ajetreo de la ciudad y las horas muertas que pasaba en aquella oficina sin más vistas que la pantalla de mi ordenador o los paneles grises que me separaban de mis compañeros de trabajo y cuyos laterales estaban repletos de fotos tomadas durante mis vuelos. Volar era la forma de volver a encontrarme con Rigel, de mantenerlo con vida a mi lado. De no olvidarlo.

Alán era el *area manager* de la cadena de tiendas de zapatillas deportivas. Cuando se dirigió a mí, saltándose a varias personas que permanecían esperando antes que yo, pensé que me había confundido con alguien.

—Tengo debilidad por las pelirrojas —me dijo bajito, casi en un siseo, acercándose a mi oreja, y con un gesto cómplice me indicó que lo acompañase a una de las cajas en las que no había gente...

Y lo seguí. Sin decir una palabra, sonriendo y a la espera de una perorata tonta y sin sentido que no llegó.

—Me gustan las leyendas de la vieja Escocia. Todo lo que tenga que ver con magia y con otras realidades me fascina. —Señaló el libro que yo llevaba en mi bolso y que sobresalía de él mostrando parte de su título.

—Bueno, no es un libro sobre leyendas. Es de no ficción. Me estoy documentando sobre la lengua de los antiguos pictos —le respondí en tono irónico, pensando, de nuevo, que era un oportunista.

—Los pictos eran escoceses, su nombre proviene de la costumbre que tenían de pintarse y tatuarse la piel —respondió seguro de sí mismo y sonriendo divertido—. Tú pareces escocesa. Una guapa escocesa que seguramente haya heredado los genes de alguna bruja que habitaba en aquellas tierras. Soy doctorado en Historia, aunque mi trabajo no tenga mucho que ver con mi carrera, pero..., ya sabes, no están las cosas como para ir haciéndole ascos a nada.

»Me gustaría volver a verte. ¿Qué te parece si me das tu número de teléfono y quedamos un día de estos para tomar una copa? Así, de paso, podría echarte una mano con la documentación sobre los pictos —sugirió sin mirarme, al tiempo que sacaba mi tarjeta de crédito del datáfono...

Pensé que la primera cita sería la única. Cenaríamos, nos tomaríamos unas copas y haríamos el amor, dejando de lado a los misteriosos pictos y a Escocia. Después se iría, probablemente de madrugada, antes de que yo me despertase y el sol saliese. Se marcharía en silencio, de puntillas, como un ladrón. De aquella forma evitaría una explicación, un último beso, y esquivaría mi gesto adormecido y triste. Más triste que adormecido, porque me gustaba. Y yo, una vez más, volvería a mi rutina, añorando un desayuno de sábanas blancas, pensamientos extraviados y ducha compartida. Echando en falta vivir una historia de amor como las de las películas americanas que tanto me gustaban. Pero me equivoqué.

Nos amamos durante meses. Lo hicimos cuando estábamos juntos y alejados, manifestándolo sin reparos y en silencio. Le robamos tiempo al tiempo. Corríamos para encontrarnos a mediodía, durante la mísera media hora de la que disponíamos para el almuerzo. Vivíamos como nunca antes lo habíamos hecho, a destajo, sin que nos importara el cuándo, el cómo ni el porqué. Nos besamos en el metro, en la parada del autobús o en medio de la calle. Cenábamos hamburguesas en el parque, sobre un banco solitario o en el mejor asador de la ciudad. Los primeros domingos de mes Alán solía cerrar la tienda y yo pasaba a recogerlo. A la misma hora los locales de ocio que había en la calle abrían y Silvio, un cantautor callejero, se sentaba a actuar guitarra en mano y sombrero negro de fieltro en la acera. Alán, que lo conocía desde hacía años, cantaba con él algunas noches. Y yo, ensimismada, idiotizada como una gata en celo, me adjudicaba sus gestos y alguna de las estrofas más románticas que ambos enfatizaban y la gente aplaudía con un fervor enardecido. Y así, poco a poco, sus manos fueron rodeando mi cintura día tras día hasta hacerla suya.

Una noche sin luna, en la que la constelación de Orión brillaba con fuerza en el cielo, decidimos vivir juntos.

—Tu piso es demasiado pequeño para los dos, aquí no hay sitio para mi colección de deportivas. Deberíamos ponerle una solución lo antes posible. Podrías venirte a vivir conmigo. Me gustaría que lo hicieses —me dijo, dejando caer dentro de mi vaso de vino un anillo con una circonita que, sumergida en aquel líquido rosado, brillaba como un diamante...

Le miré y, sin decir palabra, me dejé llevar por aquella escena de filme romántico de Hollywood con la que tantas veces había soñado. Por unos instantes me sentí como debió de sentirse Audrey Hepburn en *Desayuno con diamantes*, como se habría sentido cualquier mujer enamorada, supongo: viviendo una historia que parecía no pertenecerme, dentro de un mundo que, junto a él, se había ido idealizando y que decidí hacer mío.

Embalé mis cosas con la ayuda de Samanta, que intentaba perseguir mi ilusión para hacerla suya sin conseguirlo, mientras escuchaba mis planes de futuro y seguía el brillo de la circonita que coronaba mi dedo anular con cierto aire de tristeza y desconfianza.

—Lo único que me asusta es el traslado. Creo que serías más libre y os iría mejor viviendo cada uno en su casa, como hasta ahora. Este traslado tuyo es como cuando acudes a una cita dependiendo del coche de alguien para regresar, vas encadenada, atada a la otra persona, aunque no quieras. Te condicionará mucho, Diana. Dependerás de su sueldo para pagar ese *loft* lujoso y absurdo en el que vive. Es más, creo que él no habría podido seguir afrontando el alquiler solo. Ese detalle, que creo que tú has pasado por alto, me preocupa. Sé que ahora mismo me odias, pero no puedo mentirte, eres mi amiga...

Samanta era una de mis compañeras de trabajo en aquella oficina en la que, durante ocho o nueve horas diarias, introducíamos datos sentadas la una frente a la otra, separadas por paneles grises, tecleando cifras, nombres de calles, direcciones de correos electrónicos, números de DNI, pasaportes y códigos bancarios ajenos. En nuestras mesas había bolígrafos y lapiceros, chinchetas de colores, flores de papel reciclado, *fofuchas* en miniatura y algún osito de peluche que añoraba, como nosotras, ver el horizonte tras una ventana que allí solo existía en el salvapantallas del ordenador. Durante los descansos, frente a la máquina expendedora de cafés aguados e insípidos, y en los almuerzos de tartera y pan de molde integral, solíamos divertirnos pasando revista a los jefes y jefecillos que recorrían el pasillo acristalado que separaba la sala de descanso de los despachos. Ellos siempre almorzaban fuera, parapetados tras la tarjeta de crédito que les daba la empresa nada más llegar. Las dos, mano a mano y entre risas, creamos una especie de registro de apodos con los que fuimos bautizándolos. Estaban los «pagafantas», los cadetes West Point, los mercachifles disfrazados de ejecutivos, los «no sirvas a quien sirvió», estos últimos eran los peores de la lista. Y, por último, los denominados «hombres de negro». Pertenecían al departamento de Recursos Humanos, pero, irónicamente, estaban deshumanizados.

Samanta era una soltera convencida, vocacional, puntualizaba ella cuando hablábamos sobre las relaciones de pareja. Era mayor que yo, aunque no lo aparentase ataviada con aquellos vaqueros ceñidos y rotos en las rodillas, con aquella melena azabache y larga que a veces se recogía en un moño alto, y con un rostro sin una gota de maquillaje que acentuase las escasas arrugas de su frente. Tenía los ojos negros, rasgados y grandes, la piel blanca y un estilo tan personal y cautivador como su forma de ser y de pensar. Solíamos quedar los viernes para cenar y tomar unas copas. Nos gustaban los locales de música *indie*, las maravillosas versiones que hacían de los clásicos aquella gente que, como nosotras, perseguía hacer realidad un sueño dentro de un mundo que se había convertido en una jungla inhóspita e impersonal. Éramos disidentes. Huíamos del tumulto, del todo en uno, del dos por uno, de tener que hablar a gritos, de aquella forma artificial de descargar adrenalina que se había puesto tan de moda. Compartíamos nuestros sueños, los de antes, muchos de ellos aún sin cumplir, y los que pensábamos realizar cuando un golpe de suerte nos sacara de aquel trabajo tan falto de magia y vida, como aquella ciudad que nos convertía, sin permiso, en seres insignificantes.

Mi amiga era una arqueóloga encerrada tras unos paneles sintéticos y despersonalizados que soñaba con viajar a Egipto y formar parte de alguna excavación importante. De vez en cuando yo la acompañaba a participar en pequeñas excavaciones que a mí me aburrían pero que a ella le permitían mantener viva su ilusión. Por su parte, a pesar del miedo que sentía a que yo tuviese un contratiempo cuando estaba en el aire, Samanta venía conmigo y grababa mis vuelos en ala delta.

—¡Qué diferentes somos! Yo adoro la tierra y tú el aire —comentaba mientras preparaba su cámara—. Al final vas a conseguir que pierda el miedo a verte entre el rojo de la vela de tu ala. Se te ve tan diminuta en el aire..., pareces un gorrión. Cada día estoy más convencida de que tienes un don especial para manejar ese artilugio. Creo que eres una bruja contemporánea, sin escoba, pero con un ala tan bella como las de un águila real...

Nuestras escapadas nos liberaban de aquel tipo de vida tan mecánica, tan carente de emociones y libertad. Así fue hasta que Alán llegó. Desde entonces, el tiempo que pasábamos juntas se fue reduciendo: de compartir las cenas de los viernes, las copas en los locales de música en directo, las acampadas previas a las excavaciones en los sitios más alejados e insospechados, el vuelo en ala delta ante su mirada siempre intranquila, pasamos a las conversaciones por WhatsApp. Nos veíamos solo en el trabajo, o cuando Alán viajaba. Las quedadas de los domingos para tomar el aperitivo y el vermut de la una, antes del almuerzo, se convirtieron en conversaciones por teléfono que Alán se empeñaba en cortar haciéndome señas con los dedos, imitando el movimiento de las tijeras y sacándome de quicio. Mi ala delta también sufrió con aquello, con mi cambio de residencia y tipo de vida. Quedó aparcada en el club de vuelo a la espera de que Alán tuviera coraje para verme volar, a que me amase lo suficiente como para entender lo importante que era para mí aquello.

Capítulo 2

Samanta tenía razón respecto a Alán. Nuestra relación había sido construida sobre una plataforma inestable, sin una base bien cimentada que le permitiese soportar los temblores propios de toda convivencia. Y así, poco a poco, temblor tras temblor, ausencia tras ausencia, fuimos separándonos hasta alejarnos definitivamente. Pasamos de compartir silencios, siestas, anécdotas laborales, comidas y series de televisión con olor y sabor a palomitas, con mis pies sobre sus piernas o mi cabeza recostada en su hombro, a vernos solo camino del baño o tras el beso de despedida, cada vez más ajeno e impersonal, en la puerta de casa. Abandonamos *Juego de tronos* a la mitad, y Jon Nieve, que había conquistado mi corazón, se quedó en aquel capítulo del celuloide, a la espera de un fin de semana, de una maratón de tele junto a Alán que jamás llegó. Mi libro de cabecera, con aquel paraguas rojo en la portada y la sombra de una bruja contemporánea paseándose entre sus páginas, fue lo único que subsistió de aquella relación tan bella, mágica y efímera como el paso de una estrella fugaz. La novela y la tarjetita de cartulina carmesí, que usé como marcapáginas hasta acabar su lectura y en la que él, como si me presintiera, como si supiera quién era yo en realidad, escribió una dedicatoria cuando, en los comienzos de nuestra relación, me la regaló:

A mi bruja sin escoba. No dejes que la vida te convierta en una *muggle*.

Alán.

Los dos nos fuimos yendo, nos alejamos el uno del otro al mismo tiempo y tomando las mismas distancias, aunque por motivos diferentes. Él se marchó de la mano de mis ausencias, arrinconado por el tiempo que yo dedicaba a investigar sobre los pictos y mis orígenes. Lo hizo sin hacer ruido y sin oponer resistencia. Me dejó ir y yo hice lo mismo con él. Tarde o temprano aquello, nuestra ruptura, tenía que suceder. Nuestra separación estaba escrita. El tiempo y el destino habían vuelto a jugar sus mejores cartas. Era inevitable, pero yo no lo sabía, no lo supe hasta mucho tiempo después.

A su lado me convertí en una *muggle*, como denominaba él a las personas que habían perdido la capacidad de presentir, de soñar y de creer en la magia, en la otra realidad, y aquello me había cegado. Me había impedido ver más allá. Me acomodé a la facilidad del todo hecho, a la placidez que te da la ignorancia, a tenerle a mi lado sin necesidad de pelear por mantener aquel amor vivo, y dejé de ser quien era. La mujer que él había conocido tres años atrás.

Nos separamos después de una cena en la que, arropado por el decoro que exigen los sitios públicos, me expuso que estaba enamorado de una compañera de trabajo. Que los dos lo estaban y que ambos habían decidido vivir juntos. Me pidió perdón por haber dejado de sentir por mí y por sentir lo que sentía por ella. Dijo que todo había sucedido sin proponérselo, sin darse apenas cuenta hasta que pasó. Primero fueron unas cervezas, unos minutos de receso, un café, un almuerzo de trabajo sin trabajo de por medio y las charlas en el coche durante las idas y los regresos del trabajo.

Le pedí que me diera tiempo para recoger mis cosas y que no estuviera presente mientras lo hacía. Él, sin rechistar, como si hubiese intuido mi reacción y esta le resultase cómoda, me regaló la mirada y el gesto cómplice del amigo con el que un día compartiste cama y proyectos de futuro.

—No dudes en llamarme si me necesitas —me dijo—, sabes que siempre voy a estar disponible para ti. Me encontrarás ahí, a la vuelta de la esquina.

Me besó en la mejilla con el mismo recato con que lo hiciera al despedirse de mí la primera vez, aquel día en la tienda, ya tan lejano.

—Sabes que no lo haré. Aunque me coma los muñones de la desesperación, no te volveré a llamar para nada —le respondí, y lo aparté de mí apoyando la mano en su pecho y conteniendo las ganas de llorar.

No imaginaba que aquello fuera a afectarme como lo hizo. Pensaba que su marcha ya había sucedido hacía tiempo porque apenas estábamos juntos. Me hice la valiente y me convencí de que, a fin de cuentas, aquello les sucedía a diario a muchas personas y nadie moría de amor o de añoranza. Me dolería pero no acabaría conmigo, me dije. Creí que solo echaría en falta el cesto lleno con la ropa para la colada, su taza de café vacía sobre la encimera, la falta de espacio en los armarios o el calor de su cuerpo junto al mío en las noches frías de invierno. Pero me equivocaba. En el momento en que Alán dejó de formar parte de mi vida, de estar ahí, a la vuelta de la esquina, como él solía decir, sentí que le quería más que nunca, que jamás había dejado de quererle, y temí no conseguir olvidarle. Tuve miedo, miedo a una soledad que ya conocía.

Mientras recogía mis cosas comenzaron a aparecer pétalos de rosa por toda la casa. Surgían de la nada: en las esquinas, tras las puertas, dentro del armario donde Alán guardaba su ropa, en el hueco que su ausencia había dejado en el sofá, en su lado de la cama e incluso en la estantería donde guardaba sus zapatillas. Ya había sentido antes ese fenómeno extraño cerca de mí. La primera vez que ocurrió fue cuando, siendo aún una niña, dejé de ver a mi madre. Aunque entonces, cuando mi madre se fue, los pétalos que afloraban estaban marchitos. Me senté en el suelo y fui recogiéndolos sin dejar de llorar. Me rodeé de ellos. Sabía lo que significaba su aparición y, aunque había convivido con ello durante muchos años, tuve miedo.

Alán siguió en mi vida. Continuó presente en ella a través de los recuerdos que surgían al ver las fotos que nos hicimos juntos, o de las imágenes que habíamos colgado en las redes sociales y en las que, mutuamente, nos habíamos etiquetado. En el olor que su perfume había dejado en las mantas con las que nos arropábamos en el sofá en las tardes de invierno. En la banda sonora que acompañaba las series que dejamos de ver y que no pude retomar sin él. Me costó continuar sin tener que reclinarme y llorar como una tonta cuando algún recuerdo me llevaba a los días que habíamos compartido, a todas aquellas pequeñas cosas que habían formado parte de nuestra vida en común. De aquella vida en la que yo había conseguido ser como el común de los mortales, porque, junto a él, fui capaz de olvidarme de quién era en realidad..., y me gustaba.

Intenté, sin conseguirlo, no mirar sus perfiles en las redes sociales, sus comentarios o las historias que colgaba en Instagram. Después de la ruptura, ninguno se atrevió a bloquear al otro, a borrarlo de su lista de contactos. Y así, ejerciendo mi derecho de amiga en Facebook, busqué un escueto comentario o una frase tonta de las que todos dejamos caer de vez en cuando con la esperanza de que aquellas palabras fueran dirigidas a mí. Fue entonces cuando supe cómo y quién era ella, tras ver una de tantas fotos, de la infinidad de fotos, que se hicieron juntos y que colgaban empujados por la química y las hormonas desordenadas que toda relación exhibe en sus comienzos. Una de esas instantáneas con besos de refilón, morritos de pose ensayada y sonrisas demasiado anchas para ser espontáneas, teñidas todas de postureo. Era más joven, aparentemente mucho más joven que él y que yo. También tenía unas piernas de pecado, tan dolorosas como sus faltas de ortografía. Escribía las palabras a medias y usaba el inglés a destajo. Y fue entonces cuando los pétalos de rosas volvieron a surgir. Lo hicieron durante la mudanza, en los previos y al final de la misma. Se acomodaron en los rincones que mi ausencia iba dejando en aquel *loft* que antes había sido mío, que había pertenecido a los dos. Lo llenaron de lágrimas mudas y silencios quebrados por su ausencia. Cuando me marché, algunos cayeron por la terraza, pero otros se quedaron sobre los alféizares de las ventanas del apartamento, porque una parte de mí se negaba a abandonar aquel lugar.

Dejé el apartamento de Alán al mismo tiempo que cerraba mis perfiles en las redes sociales. Me fui del todo y sin despedirme de casi nadie. Lo hice sin un céntimo en los bolsillos, con la cuenta corriente teñida de rojo, arrastrando mi ala delta y sin Samanta, que apenas unos días antes se había marchado a participar en la excavación con la que había soñado durante toda su vida.

Nena, qué ganas tengo de verte y contarte. Echo en falta las tardes de jazz. Tenemos que repetir cuando regrese. Como en los viejos tiempos. Busca un hueco para que podamos estar juntas a mi vuelta. No me pongas excusas baratas, y con ello me refiero a Alán. Soy muy feliz.

Ese era el texto de su último *whatsapp*, el que me mandó un día después de que Alán me dijese que me dejaba. No le respondí. Si lo hacía, ella notaría que algo estaba pasando. Tenía un sexto sentido para adivinar mi estado de ánimo y yo no podía estropear ni un minuto de aquella aventura, de aquel viaje con el que mi amiga llevaba soñando tanto tiempo. Apagué el teléfono y contuve las lágrimas bajo la mirada de la agente inmobiliaria que me llevó al piso que se ajustaba a lo que yo le había solicitado previamente.

—El edificio es antiguo, pero el ático tiene una gran terraza donde puedes dejar tu ala delta. El alquiler es más bajo de lo que me pediste. Espero que te guste. Los techos son altísimos, con el tiempo incluso podrías instalar dos alturas. Digo con el tiempo porque el propietario no tiene intención de dejar de alquilarlo. Si te gusta, estoy segura de que no te pondrá pegas para hacer las reformas que quieras.

»Se te están cayendo los pétalos que llevas en el bolso —dijo la agente inmobiliaria, señalando el suelo con una expresión de extrañeza en el rostro—. Yo también suelo comprarlos para llenar los botes de cristal del baño. ¡Huelen tan bien!

Capítulo 3

Me entregaron las llaves en agosto. El cielo estaba encapotado y la tierra esperaba reseca una lluvia que no había caído desde junio. El propietario era un hombre bajito, regordete y nervioso que hablaba y gesticulaba sin parar. Parecía un gánster americano. Vestía un traje verde pistacho y calzaba unos zapatos de piel similares a los de claqué, blancos y negros con chapa en la suela. A pesar de que yo había visto el piso con anterioridad acompañada de la agente inmobiliaria, él se empeñó en que volviese a verlo. Quería entregarme las llaves en mano y formalizar el contrato en el inmueble. Me enseñó las estancias, los armarios por dentro, dónde estaba el cuadro de la luz por si saltaba algún diferencial y lo que debía hacer para solicitar que me dejasen una bombona de gas butano. Me explicó que la ventana que daba a la terraza se atascaba y que debía tener cuidado al abrirla porque el cristal era fino, vibraba y podía romperse al tirar de ella. Era mejor mantenerla entrecerrada mientras la temperatura lo permitiese, dijo secándose el sudor de la frente con un pañuelo rojo, como su corbata.

—Los muebles que hay los dejó el anterior inquilino. Son pocos, pero los he conservado por si te venían bien. Puedes hacer con ellos lo que quieras, tirarlos o quedártelos. Ya le dije a la joven de la inmobiliaria, cuando vino con los que trajeron ese aparato —señaló la terraza—, que no me daba tiempo a organizar el inmueble, ni a limpiarlo —dijo, pasando los dedos por la superficie de la pequeña mesa del salón y, acto seguido, restregándose la palma de la mano en el pantalón—, pero tú, siendo mujer, imagino que te darás maña. Seguro que lo dejas como una patena.

Asentí con un movimiento afirmativo de mi cabeza y me tragué una respuesta que escupir sobre aquel «tú, siendo mujer» que me olió a naftalina y me repateó las tripas.

—Si necesitas algo, puedes localizarme en este teléfono —dijo, y me entregó una tarjeta de visita azul celeste con ribetes dorados, donde aparecían su nombre y el número de teléfono en relieve—. Hazlo con tiempo. Ando siempre muy ocupado. Tengo varios negocios en la capital.

—Gracias —le respondí—. No creo que tenga mayor dificultad que la propia de cambiar de residencia a una zona que me es desconocida.

—Te presentaré a mi madre. Se llama Claudia. Estáis pared con pared. Es mayor, pero te ayudará con cualquier imprevisto que puedas tener —dijo mientras se dirigía a la puerta. Yo le seguí—. No hay manera de hacerla salir de su casa. Le insisto a diario para que se venga conmigo, pero ella sigue en sus trece. Ya sabes, con la edad todos nos volvemos tozudos como mulos. Si no fuese por ella, hace tiempo que habría vendido este viejo edificio. Pero ella no quiere irse de aquí. Prefiere compartir tabique con... —Hizo una pausa y miró a su derecha, al hombre que subía las escaleras.

Él nos observó al llegar al rellano. Sopló como queriendo aliviarse del esfuerzo que le había supuesto remontar los cinco pisos a pie, nos dio los buenos días y entró en su casa. Era muy alto, de tez pálida y ojos saltones, con la frente grande y cuadrada, los pómulos marcados y la piel de los labios de un tono amoratado. Su fisonomía me recordó al monstruo de Frankenstein. También su traje de chaqueta, corto de mangas y perneras, ligeramente arrugado y desteñido en las costuras.

—¡¿Ves?! A eso me refería —prosiguió el propietario—. Los inquilinos que tengo son como él de raritos. Hacen honor al dicho de «Dios los cría y ellos solitos se juntan». No consigo alquilar ninguno de los pisos a alguien normal. —Hizo una pausa, tosió, me miró y se disculpó—: Lo siento, no me refería a ti, preciosa. Reconozco que los apartamentos tampoco tienen muchas comodidades, porque la finca es antigua. Pero, leñe, el alquiler es una ganga.

Le sonreí con desgana.

Tocó el timbre de la puerta de su madre. Nos presentó sin apenas preámbulos y se marchó tan rápido como pudo. Al ver mi gesto de incredulidad, alegó que tenía una reunión. Me dejó en el rellano con la anciana, que empezó a darme pormenorizadas indicaciones sobre la situación de las tiendas y las paradas de autobús y metro que había en el barrio.

—No le hagas caso a mi hijo —me dijo Claudia cuando Antonio, el casero, se perdió dentro del ascensor—. Siempre cuenta lo mismo, pero en realidad es él quien no quiere que me vaya. Bueno, lo cierto es que yo tampoco pongo mucho de mi parte. —Sonrió.

—Imagino que le gustaría tenerla a usted más cerca —le respondí sonriendo—. Llega un momento en que los hijos creemos ser los padres.

Por toda respuesta, ella señaló la puerta donde se había metido el hombre de más de dos metros que se parecía al monstruo de Frankenstein.

—Ecles acaba de dejarte una rosa sobre el felpudo. —Al volverme vi que la puerta de mi vecino se cerraba y reparé en la flor sobre el felpudo de mi apartamento—. Que haya cortado la rosa para ti es muy significativo —prosiguió Claudia—, no le gusta robarle la vida a nada. Ponla en agua en cuanto puedas. Espera un minuto, yo también tengo un regalo de bienvenida. —Dejó la puerta entornada y entró en el piso.

Permanecí en el rellano esperando apenas unos segundos.

—¡Toma! —dijo, y me dio una escoba—. Es para que la pongas sobre la puerta de entrada. Protegerá tu casa de las malas personas. Sé que están en desuso, que las brujas ya no las utilizan para volar. Ahora lo hacéis en otros artilugios, como ese que subieron hasta tu terraza por la fachada el otro día. Pero aun así, aunque vueles sobre ese cacharro de tela roja, toda bruja debe tener su propia escoba. Si necesitas algo, no dudes en llamarme, pero ten en cuenta que no siempre estoy en casa. Aunque mi hijo no lo crea, ando siempre de acá para allá. Hoy me tocó acá. Me hacía mucha ilusión darte la bienvenida, queridísima Aradia —dijo sin dejar de sonreír—. Te dejo, creo que tienes visita. —Y señaló el ascensor.

No me dio tiempo a decirle que mi nombre era Diana, porque cerró la puerta en el mismo instante en que me volví para corregirla.

***

Me crie en un hospicio de paredes blancas, en las que un friso que imitaba la madera recubría los pasillos y el comedor. La luz blanquecina y parpadeante de los fluorescentes y el vacío que produce la falta de un hogar extraviaban mis pensamientos, alentando mi imaginación para que crease seres fantásticos que le pusieran tiritas a mi corazón maltrecho y solitario. Entre sus paredes perdí el calor del pecho materno, el sabor dulce de la leche, y tomé mis primeras papillas con sabor a verduras cocidas sin sal ni aceite. Eché los primeros dientes y di los primeros pasos entre la indiferente algarabía de los demás niños que vivían junto a mí. Ellos, como yo, día tras día esperaban encontrar a unos padres que, en contadas ocasiones, llegaban a buscar un hijo al que hacer y sentir suyo. Mi infancia y mi adolescencia, hasta cumplir la mayoría de edad, transcurrieron entre las paredes y los jardines de aquella residencia para niños huérfanos y abandonados. Yo pertenecía al segundo grupo.

Me dejaron con apenas quince días de vida en la entrada principal, a medianoche, dentro de un cajón de madera en cuyos laterales aparecían labrados símbolos desconocidos, arropada por un gran libro de tapas rojas con las páginas en blanco. Aquella gaveta de madera de haya negra y el libro son lo único que conservo de mis orígenes, la única seña de identidad que poseo.

Mis rasgos físicos eran diferentes a los del resto de los niños, la mayoría de pelo y ojos oscuros y complexión fuerte. Yo era espigada, pelirroja, de tez blanquecina cubierta de pecas y ojos de color miel intenso. No hablé hasta cumplidos los cinco años. Al principio pensaron que aquel retraso podía deberse a una sordera. Más tarde sopesaron la posibilidad de que estuviera afectada por la mudez. También consideraron que mi deficiencia podía ser originada por problemas de dicción y, al final, después de incesantes e incómodas visitas a los médicos, que me sometieron a un rosario de pruebas y diagnósticos, llegaron a la conclusión de que ya diría algo cuando me diera la gana hacerlo. El primer día que abrí la boca para hablar también fue diferente a como suelen hacerlo los niños. No dije una única palabra, sino que pronuncié una oración completa. En un tono imperativo y con un marcado acento italiano, les pedí una muñeca de trapo:

—*Voglio una bambola di pezza! Come quella* —dije, tirando con fuerza contra el suelo la de plástico duro que tenía en mis manos y, enfurruñada, señalé la que llevaba entre sus brazos una de mis compañeras.

Nadie comprendió a qué se debía aquel dominio repentino e inexplicable del italiano ni de dónde venía. Durante varios años estuve sometida, como un conejillo de Indias, a pruebas psicológicas para averiguar cómo era posible que hablara italiano con tanta perfección y desparpajo sin que nadie me lo hubiera enseñado, sin haberlo escuchado jamás.

—*Mi ha insegnato mia mamma* —les repetía una y otra vez, ante su incredulidad—. *Lei viene a trovarmi ogni sera.*

Al decirlo, recordaba su rostro, su voz y sus manos acariciándome cuando ya había anochecido. Aparecía a los pies de mi cama, cuando todos dormían y justo en el momento en que la constelación de Orión brillaba en el cielo con más intensidad. Ella me enseñó el nombre de los planetas que componían el sistema solar, así como el de las constelaciones y su situación. Tenía predilección por la Luna. Afirmaba que era un satélite artificial y me contaba historias llenas de magia sobre ella. Decía que su interior estaba lleno de energía protectora, que aquel era el único fin del satélite, protegernos, y que a él iban las brujas buenas cada cien años.

Durante mucho tiempo siguieron en su empeño de hacerme hablar en español, pero no lo consiguieron hasta que cumplí los doce años. Fue cuando ella, mi madre, dejó de venir a visitarme. El dolor que me causó su ausencia, inexplicable para mí, me hizo renunciar a ella. Tras su marcha, acepté que su imagen era como la de un amigo invisible, una entidad que mi mente había creado para suplir el cariño materno que me faltaba. Eso me explicó la psicóloga que me visitaba a diario y que había pronosticado con exactitud la fecha en que dejaría de verla. Lo que no pudo explicar jamás, ni ella ni nadie, fue cómo o quién me había enseñado a hablar italiano con tanta perfección.

Mis rasgos físicos, tan diferentes a los de los otros niños del orfanato, unidos a mi mudez, fueron determinantes para que mi adopción no llegara a realizarse. También fueron la causa del aislamiento constante al que me sometieron los demás huérfanos con los que compartía mi vida en aquel hospicio gris y dejado de la mano de Dios. Fue entonces, a aquella edad tan temprana y frágil, cuando comprendí que ser diferente de los demás era peligroso, pero también supe que solo las personas diferentes poseen un don, aunque ese don podía destrozarme la vida. Y la bruja que habitaba en mí se apagó entre aquellas paredes frías y solitarias como lo hizo la protagonista del cuento de *La cerillera* cuando la llama del último fósforo se extinguió entre sus manos.

Me pasé toda la vida escondiendo los pétalos de rosa que aparecían cuando la tristeza se instalaba en mi interior, intentando convencerme de que aquello, como otros muchos hechos extraños que acaecían junto a mí, siempre tenía una explicación racional, y que solo era real lo establecido, lo palpable, lo que podía demostrar la ciencia.

Así fue hasta ese día, cuando me instalé en aquel edificio donde todos los inquilinos éramos diferentes al común de los mortales, donde la realidad difería de lo que la sociedad nos enseña e impone.

CAPÍTULO 4

—Perdona que haya llegado tarde. Me ha sido imposible despachar todo a tiempo —me dijo Ana, la agente inmobiliaria, nada más abrir la puerta del ascensor—. Espero que todo haya ido bien con Antonio. Tiene unas ideas un tanto rancias, pero es buena persona. Aunque su apariencia de gánster de comedia de Hollywood no le acompaña. Se parece a Danny DeVito, ¿verdad? Dime, ¿hoy iba de rosa o se había puesto el traje de flores amarillas? —me preguntó divertida.

—Iba de verde chillón. Era todo un espectáculo. Casi que reflectaba la luz en los claroscuros de la casa —le respondí, sosteniendo en la mano derecha la escoba que me había dado Claudia.

—¡Vaya! Qué preciosidad —dijo Ana. Se acercó al mango de la escoba. Se colocó las gafas de presbicia y dijo—: El mango parece de marfil. Juraría que es nueva, aunque imita una antigüedad. Esos símbolos, los que lleva grabados en el mango, son como los de tu cajón, ¿verdad? —inquirió. Yo me encogí de hombros, aunque sabía a lo que se refería—. Sí, mujer, los del cajón de madera. No pude evitar mirarlo cuando lo trajeron los de la mudanza. Me llamaron mucho la atención. Dicen que hay que tener una escoba detrás de la puerta de la casa para evitar visitas molestas, ¿no es así? —Me miró a la espera de una respuesta.

—No lo sé. Yo la voy a colgar sobre el dintel —respondí, dándole vueltas al mango para examinar los símbolos.

—Pues sí, yo haría lo mismo, es demasiado bonita para tenerla escondida. Y el cajón lo utilizaría de revistero. Los grabados son de lo más curiosos.

—Sí que lo son. Son símbolos pictos —expliqué. Al ver que ella hacía un gesto de extrañeza, añadí—: Los pictos eran una confederación de tribus que habitó el norte y el centro de Escocia.

—¡Qué interesante! —exclamó Ana—. Ya decía yo. Cuando te vi por primera vez pensé que eras escocesa. Son heredados, ¿verdad? —me preguntó, volviendo a rozar los símbolos del mango de la escoba con la yema de sus dedos. Yo asentí en silencio, pensando, entristecida, que ojalá fuera así—. ¡Qué importantes son las raíces! —exclamó con aire reflexivo.

»En cuanto a Antonio, no te preocupes por él. No le verás ni para los pagos. Te garantizo que has hecho un buen arrendamiento. El ático está tirado de precio. Ya se encuentran pocos edificios como este, con unos techos tan altos. No le quedaban más pisos, lo tiene todo alquilado.

—Bueno, las condiciones de habitabilidad son un desastre —comenté, echando un vistazo a las paredes desconchadas—. Si todo me va bien, no estaré aquí más de un año.

—Espero que me llames cuando quieras volver a mudarte —dijo sonriéndome—. Te buscaré lo que necesites, como ahora. Soy de las mejores agentes de la ciudad. Si necesitas que te mande pintores y pulidores para el suelo, dímelo —comentó, observando la desgastada tarima—, tengo gente de confianza y te harán buenos precios.

—Creo que solo limpiaré. Al menos por el momento —respondí, mirando hacia el exterior. Me fijé en el hombre que había en la terraza aledaña a la mía.

Era alto y extremadamente delgado, tan pálido que parecía albino y con los ojos de un azul añil. Vestía rigurosamente de negro y de vez en cuando volvía la cabeza para mirar la vela de mi ala delta. Luego contemplaba de nuevo la calle, pero como si el ala delta le llamara poderosamente la atención, repetía de nuevo el movimiento de la cabeza, ensimismado en la tela.

—No sé cómo vas a sacarla de aquí cuando quieras volar —comentó Ana, siguiendo mi mirada—. Los empleados de la empresa de mudanzas tuvieron que subir los largueros, los travesaños y el resto de las barras con una polea, porque no podían maniobrar en las escaleras y no entraba en el ascensor. Menos mal que no tenías muebles, si no la mudanza te hubiese costado un riñón. Debiste dejarla en un lugar más apropiado, en un club de vuelo o algo así.

—No puedo permitirme muchos gastos extras, y esos sitios no son baratos —le respondí.

—Lo entiendo, pero aquí, a la intemperie, puede estropearse. Ya te he dicho que el ático es una ganga, pero si no hubiera sido por tu empecinamiento en traerla, te habría conseguido otro piso en mejores condiciones que este —dijo Ana, al tiempo que echaba un vistazo alrededor—, y en una mejor zona de la ciudad. Más pequeño, sí, pero mejor acondicionado. También con vecinos más apropiados —apuntó, bajando el tono de voz y mirando de soslayo al hombre que estaba en la terraza contigua.

—Me gusta este, Ana. Los áticos me fascinan —le contesté.

—Volar en ese aparato debe de ser maravilloso...

Hizo una pausa y me miró fijamente. Yo seguía pendiente de los movimientos del hombre.

—No estarás pensando en utilizar ese artefacto desde aquí —añadió Ana, intranquila. Puso la mano derecha sobre mi hombro y me miró a los ojos con expresión de preocupación—. No sé, yo intentaría meterla por piezas dentro de la casa. Estará más segura. Nunca se sabe —apuntó. Luego observó de nuevo al hombre y, haciéndome un gesto con los dedos de la mano derecha, me indicó que podía robármela.

—Gracias, pero no creo que sea necesario —le dije—. Es difícil moverla, pesa muchísimo.

—Me gustaría poder quedarme más tiempo, pero se me hace tarde. Toma, estos son los documentos que te faltaban. Todo está en regla...

La acompañé a la puerta del piso y nos despedimos amigablemente. Cuando regresé a la terraza, vi que el hombre seguía allí.

—Te la regaló alguien muy importante, ¿verdad? —dijo él, asomándose—. Es preciosa. Nunca había visto un ala así, de una sola pieza y en un color tan lleno de vida. Es tan rojo que parece comestible —comentó con un extraño brillo que recorrió sus pupilas y pareció iluminarlas, como si fuesen los ojos de un gato en la oscuridad—. Eres afortunada, vuelas durante el día. Yo solo puedo hacerlo de noche. Tal vez puedas llevarme contigo alguna vez. Me gustaría que me enseñaras a volar con ella. —Me miró y se encogió de hombros, como si no entendiese mi silencio—. ¿Qué pasa, escocesa, se te comió la lengua el gato?

—Desmond, qué falta de educación. Cómo se te ocurre preguntarle si le comió la lengua un gato —le recriminó Ecles, asomado a su lado—. Discúlpate.

—En todo caso, sería yo quien tendría que darme por ofendido, porque ni siquiera se ha molestado en responderme —exclamó y, sin mirarme, entró en su piso.

—Me llamo Ecles y él es mi compañero de piso, Desmond —dijo tendiéndome la mano desde el otro lado—. Es muy impulsivo, pero te prometo que no volverá a molestarte. Al menos, eso espero. La culpa fue mía, dejé los toldos echados y él salió aprovechando que no le daba el sol. Es como todos los artistas, vehemente e imprevisible.

—No me ha molestado, solo me ha sorprendido que me hablara de forma tan directa —le respondí y también le tendí la mano, que pareció desaparecer entre su enorme palma—. Muchas gracias por la rosa. Claudia me dijo que la dejaste para mí.

—¿Claudia? —preguntó sorprendido.

—Sí, la madre de mi casero. —Señalé la otra terraza, la que quedaba a la derecha de la mía.

—Espero que no te vayas —dijo.

—No te entiendo. ¿Irme? Pero si acabo de llegar —le respondí, encogiéndome de hombros.

—Verás... En el piso de la madre del casero no vive nadie. Era de su madre, pero la mujer falleció hace tres años. Antonio tiene la mala costumbre de presentársela a todos los inquilinos como si ella estuviera aún ahí. Y claro, cuando lo hace, la gente ve que no hay nadie y que habla solo, y al final se marcha. Unos tardan más que otros, pero la mayoría terminan yéndose.

»Es en serio, ¿la viste y hablaste con ella?

Capítulo 5

Ana, la agente inmobiliaria, tenía razón. Podría haber accedido a otro apartamento mejor ubicado y con unas condiciones de habitabilidad más adecuadas, pero ninguno tenía una habitación en la que cupiera mi ala delta. Aquel ático tampoco. Sin embargo, su terraza era inmensa y, a pesar del estado precario en el que se encontraba el inmueble, aquello fue determinante para alquilarlo. Me daba igual si no estaba amueblado, que solo tuviese una cama con somier de muelles y un colchón de lana sin varear hacía años donde mi espalda se convertía en un laberinto de vértebras doloridas y descarriadas. No me importaba que la pintura de las paredes estuviera amarillenta y desconchada, ni tan siquiera que el edificio aparentase haber sido construido un siglo atrás. Mi ala delta formaba parte de mí y de mi historia, de la historia de mi adolescencia. El solo hecho de contemplarla, aunque fuese desmontada, aunque no tuviese medios para volar con ella, me hacía sentir más viva, más libre y, sobre todo, menos huérfana.

Mi ala delta había pertenecido a uno de los profesores que daban clases de literatura en el orfanato. Su nombre de pila era Anderson, pero todos lo llamábamos Rigel, como la estrella de la constelación de Orión, el cazador enamorado de las Perseidas. Era de complexión fuerte y, a primera vista, parecía un hombre rudo. Sin embargo, era culto, elegante y sereno. Procedía de una familia de herreros del norte de Escocia, de quienes había heredado el arte de moldear el hierro y la magia que se respira en aquellas tierras tan verdes y llenas de vida como el color de sus ojos.

Todas las adolescentes del hospicio estaban enamoradas de él. Todas menos yo. Para mí siempre fue el padre que nunca tuve, el que me habría gustado tener. Era pelirrojo, de piel blanca salpicada de pecas y ojos verdes, alto, fuerte e inteligente. Alguien en quien confiar y con quien compartir anhelos, desencuentros y triunfos. Para él no existía un solo tiempo, había cientos de pasados, de presentes y de futuros. La realidad, decía, estaba encerrada en muchas otras realidades y todas eran vitales para que existieran las demás.

Desde el primer momento tuve la sensación de que mis rasgos físicos, semejantes a los suyos, fueron el motivo de que mostrase un interés especial hacia mí. Poco a poco fuimos estableciendo una relación más cercana. Pasado un tiempo, empezamos a reunirnos fuera de las horas lectivas, en los descansos o en la pequeña biblioteca del orfanato, donde yo solía ayudarle a buscar y seleccionar información para las clases. Durante aquellos encuentros me contó cientos de historias sobre la vieja Escocia. Con el relato de aquellas leyendas hizo que volviese a creer en la magia, la misma magia que me había separado del resto de los niños del hospicio, esa que hacía que me sintiera diferente a los demás; la misma que propició que todos me despreciaran y a la que finalmente había renunciado.

Una tarde de lluvia, de viento y tormenta, le conté la historia de mi madre. Le hablé de sus apariciones:

—Quizás la psicóloga tenía razón y todo estaba en mi mente, pero era tan real que aún hoy me cuesta creer que solo fueran imaginaciones mías. ¿Sabes?, cuando Rigel, la estrella de Orión, brillaba con más fuerza en el cielo, ella la señalaba. Decía que Orión me protegería y Rigel guiaría mis pasos. Cuando tú llegaste, al verte y saber tu nombre, pensé que te había mandado mi madre. Sé que es ridículo, pero lo pensé y lo sentí. Sentí que ella te acompaña.

—Y ¿por qué no? —dijo sonriéndome—. Tal vez sea así. Debes leer *Alicia en el País de las Maravillas* y *El mago de Oz* —dijo secando mis lágrimas con la yema de los dedos—. Las dos historias transcurren en otras realidades, tal vez la misma en la que tú veías a tu madre. Nadie puede asegurarte que una sea más real que otra para ti.

»Diana, da igual que tu madre no estuviera físicamente a tu lado, si lo imaginabas o si realmente sucedía. Sea como fuere, esos momentos existieron, eran reales. Con eso es con lo que tienes que quedarte. Prométeme que no cerrarás jamás tu mente, que seguirás imaginando...

Desde aquella tarde nuestra unión se hizo cada día más estrecha. Consiguió los permisos necesarios para sacarme del centro los fines de semana. Conocí a Eduardo, su pareja y el responsable de que Rigel hubiese abandonado los campos verdes de Escocia. A su lado supe lo que era la amistad y el amor. Aprendí a cocinar a la luz de las estrellas y a reconocer las variedades de plantas e insectos que poblaban los montes que atravesábamos cuando Rigel salía a volar y surcaba el cielo enredado en las corrientes de aire como si fuese un águila de alas rojas. Los tres nos perdíamos en comarcales tan imposibles como hermosas. Subíamos por estrechas carreteras en aquel cuatro por cuatro que tiraba como un buey cansado del carro que transportaba el ala delta. Le veíamos saltar, emocionados y con el miedo recorriendo nuestros pensamientos. Cuando comenzaba el descenso, nos montábamos en el coche e íbamos al punto de encuentro.

—Quiero volar contigo —le dije una mañana de sábado.

Eduardo carraspeó y sonrió con una expresión que evidenció que aquello era algo inevitable.

—Te lo dije —apostilló divertido, y abrió los brazos escenificando el vuelo—, tarde o temprano la joven intrépida iba a querer volar...

Y así, bajo él, en el más absoluto secreto, surcamos el cielo durante muchos meses, hasta que un día me dejó hacerlo sola.

—Ni se te ocurra hablar de esto con nadie. Si se te escapa, no me dejarán adoptarte...

Pero ese sueño, el suyo y el mío, se nos escurrió entre los dedos. Se fue al país de nunca jamás. Tal vez a otra realidad, a una de esas realidades paralelas en las que él creía firmemente.

Murió antes de que yo cumpliese la mayoría de edad. Marchó mientras dormía. Lo hizo sin rechistar, sin haber dado muestras de su inminente partida. Nos dejó a Eduardo y a mí solos, dentro de una realidad que nos era hostil, buscándolo noche tras noche en el brillo de aquella estrella que se llamaba como él.

—La he traído para ti. Él querría que fuese tuya. Yo jamás la utilizaré, ya sabes el miedo que tengo a volar. Te quería como si fueses su hija, lo sabes, ¿verdad?

Yo asentí, reteniendo las lágrimas.

—Me marcho a Galicia de nuevo. No puedo seguir aquí sin él —me dijo Eduardo señalando el remolque que transportaba el ala delta de Rigel—. Me han dado permiso para dejártela en la cochera.

Miró al director del centro y él asintió con un movimiento de la cabeza.

—Rigel me dijo que si algún día le sucedía algo durante el vuelo, te hiciera saber que los símbolos del cajón donde te dejaron siendo un bebé pertenecen a la lengua de los antiguos pictos, un pueblo que vivió en el norte de Escocia desde tiempos del Imperio romano hasta el siglo x de nuestra era —prosiguió Eduardo—. Me explicó que los había descifrado y que son una especie de árbol genealógico. Son nombres, todos ellos de mujeres. Eso le extrañó. Me refiero a que solo fuesen nombres femeninos. Por ello aún no te había dicho nada sobre sus investigaciones: las consideraba inconclusas.

»Desde que le enseñaste el cajón, soñó con encontrar algo en esos símbolos que te sirviera para hallar tus orígenes, algún rastro de tu historia. Es importante conocer nuestras raíces, nuestra procedencia. Todos lo necesitamos y él lo sabía —dijo, tendiéndome una carpeta—. Ten, son los apuntes que fue tomando durante la trascripción de los símbolos.

Tras una pausa, el dolor volvió a embargarlo.

—¡Jamás entenderé el sentido de la vida! —exclamó con rabia, llorando—. ¿Por qué ha tenido que morir?

Nos abrazamos y lloramos, lloramos junto a la vela roja del ala delta. Después nos dijimos un «hasta siempre». Sabíamos que volveríamos a encontrarnos. Como decía Rigel: en esa realidad o en otra distinta.

CAPÍTULO 6

La primera noche que pasé en mi nuevo apartamento dormí mal, a intervalos cortos, sintiéndome inquieta y desubicada. A primera hora de la mañana me acerqué al piso de Claudia con la intención de charlar un rato con ella. Pensé que Ecles me había tomado el pelo deliberadamente y que si la veía de nuevo me tranquilizaría. Toqué el timbre varias veces, pero el pulsador no emitió sonido alguno. Golpeé con los nudillos sobre la madera sin recibir respuesta.

—Escocesa —dijo Desmond desde su puerta—. Si me prometes que me llevarás algún día a volar contigo, no le diré a su hijo que cogiste la escoba de su madre.

—No soy escocesa —le respondí, dándome la vuelta y mirándolo de frente—, y la escoba me la regaló Claudia. O sea que ya puedes decirle a su hijo lo que quieras, que no me importa.

—Bueno, si tú lo dices... —apuntó en tono burlón sin hacer caso de mi respuesta hosca—. En realidad es problema tuyo. Si quieres, podemos entrar en el piso por la terraza. Te metiste por ahí y cogiste la escoba, ¿verdad? —insistió, pero yo no le contesté—. No tienes por qué ocultarlo ni avergonzarte, yo también entro muchas veces. Si has cogido esa escoba, te gustarán los libros sobre hechiceras que hay en la casa. Imagino que no los has visto. ¿Sabes?, paso muchas horas ahí, leyendo. También cuido de sus cosas. A veces me parece que ella aún está en el piso y que mi presencia le agrada. A fin de cuentas, los vampiros y los fantasmas somos primos hermanos. ¿Quieres que entremos ahora? Venga, escocesa, anímate. Te demostraré que en la casa no vive nadie. Nadie de carne y hueso —puntualizó burlón.

—Hablas demasiado y escuchas poco. Ya te he dicho que no soy escocesa. Me llamo Diana.

—No serás escocesa, pero lo pareces. Eres clavadita a la actriz que interpreta el papel de la mujer de Connor MacLeod de *Los inmortales*. Imagino que habrás visto la película.

—Sí, claro que la he visto, pero no me parezco ni en el blanco de los ojos. En cambio tú sí que pareces un vampiro —le respondí irónica—. Un vampiro ladrón —remarqué, mirando la puerta de Claudia.

—Soy como Drácula, solo que más guapo que el personaje del irlandés Bram Stoker, aunque a muchos les doy tanto miedo como él. Es lo que tiene poseer un físico fuera de estúpidos estereotipos. Aunque, para serte sincero, creo que soy un vampiro de verdad, un vampiro de la edad moderna perdido en una ciudad ruidosa y sin alma, como tú —puntualizó, observándome de una forma que me incomodó—. Le tengo alergia al sol. Una alergia en grado máximo. —Sonrió y me miró fijamente—. Venga, seamos amigos. Prometo no morderte —apuntó—. En serio, escocesa, desde que te vi, me muero por conocerte.

—Te mueres por volar con mi ala delta. Eres un listo y un charlatán.

—Lo de volar es una excusa, ¿no ves que puedo convertirme en murciélago y hacerlo cuando quiera? —Extendió los brazos y giró sobre sus talones—. Tú misma has dicho que soy como Drácula. En serio, solo quiero conocerte, ¿por qué me tienes miedo…?

Su ático tenía las mismas dimensiones que el mío e idéntica distribución, pero lo habían remodelado: la madera de los suelos estaba pulida y el tabique que separaba el vestíbulo del salón no existía. Esto, unido a que no había nada más que un perchero de pie en la entrada, hacía que la sensación de amplitud fuese mayor, de modo que el piso parecía mucho más grande y luminoso que el mío. La pared de la derecha del salón estaba forrada con ladrillos, el resto habían sido pintadas en un tono arena. En ellas colgaban infinidad de cuadros abstractos sin marco, óleos de colores vivos en los que destacaban el rojo, el azul, el amarillo y el naranja.

—Habéis hecho obras, ¿lo sabe Antonio? —le pregunté porque aquella era una de las prohibiciones que figuraban en mi contrato de alquiler.

—No tiene por qué saberlo. Tú guardas nuestro secreto y yo guardaré el tuyo. No visita ninguno de los inmuebles. No le preocupa su estado interior, solo le interesa que el edificio siga en pie. Aunque diga lo contrario, no quiere venderlo y mucho menos dejarlo en manos del tiempo y que al final sea demolido. Si te has fijado, el mantenimiento básico está en perfectas condiciones. Lo único que se le resiste son las ratas. Tenemos una generación entera, varias colonias, pero eso es un mal común en la ciudad, como las cucarachas —dijo, señalando un bote de insecticida que había en el suelo, en un rincón—. Pero a ti eso te dará igual; si no tienes miedo a los vampiros, las ratas son un mal menor.

—Está precioso. Ni por asomo habría imaginado que lo tuvierais así.

—¿Qué imaginabas?, ¿que ibas a encontrarte con un ataúd forrado de tela roja en el centro del salón? —preguntó divertido—. ¿No te han enseñado que nada es lo que parece?

—Es mejor que Antonio no se entere. Si lo viera, seguro que os subiría el alquiler.

—Hemos ido arreglándolo poco a poco. Los pequeños aparatos de la cocina provienen de lo que la gente desecha. Ecles los arregla. Algunos los vende y otros nos los hemos quedado —dijo, señalando una caseta de madera que había en la terraza—. Su chiringuito está lleno de artilugios en apariencia inservibles, pero él les da vida. Cualquier día crea con ellos un robot que piense por sí mismo. Está obsesionado con dar vida a las cosas que no la poseen. Dice que todo tiene su ánima. Tal vez sea por lo mucho que se parece a Frankenstein.

—Yo también lo creo, creo que todo tiene alma, y no me parezco a Frankenstein —le respondí, pensando en mi ala delta.

—Pero tú, escocesa, eres bruja, es normal que pienses así. Por cierto, las brujas tomáis café, té..., dime, ¿qué te preparo?

—Ahora mismo nada. Te lo agradezco, pero tengo un centenar de cosas que hacer, quizás en otro momento —dije, y me dirigí hacia la puerta de salida.

—Entiendo, tienes pareja.

Le sonreí sin responder y él me devolvió la sonrisa junto a un guiño que pareció decir mucho más que un simple gesto.

—Si aún no te han instalado la fibra —comentó ya en el rellano, mirando el teléfono móvil que yo llevaba en la mano derecha y en el que no dejaban de entrar mensajes—, puedo darte nuestra clave, así no gastarás datos.

—Me he tomado unos días de vacaciones además de los que me correspondían por la mudanza y olvidé desconectar el grupo de trabajo. La tecnología es lo que tiene, es una forma más de tenerte sujeta y... controlada —le expliqué mientras apagaba el teléfono.

—Espera un segundo —dijo, y volvió a entrar en la casa.

Salió con una hoja de papel en la que estaba escrita la clave de acceso y un lienzo en la mano izquierda.

—Toma. Ecles te dio la bienvenida con una rosa. Claudia, según tú, te regaló la escoba, la que utilizaba en sus mejores tiempos y que conservaba con mimo sobre la puerta de su casa. Pero yo aún no te había dado nada. Cógelo, es para ti. Espero que te guste y que cuando le encuentres un sitio me invites para ver cómo queda.

Era un óleo como los que tenía colgados en las paredes del salón, lleno de colores que, combinados, formaban figuras diferentes y aleatorias.

—Es precioso. ¿Es tuyo? Quiero decir, si lo has pintado tú.

—Pues claro, escocesa. Le robo los colores al día, a los soles de los que no puedo disfrutar. Guardo lo que gano con su venta para, con el tiempo, comprarme una vela como la tuya. Tendré que utilizar un equipo especial, como los aviadores de la Segunda Guerra Mundial, tapado hasta las cejas, pero volaré sobre las mismas montañas que has recorrido tú, quizás a tu lado —apuntó, y en sus ojos detecté aquel brillo tan especial—. ¿Querrás enseñarme a volar algún día?

—Es un privilegio trabajar en lo que a uno le gusta —le dije.

—¿Dónde hay que firmar para ello? La venta de mis lienzos no me da para vivir. Soy empleado del servicio de limpieza nocturno. Todas las noches me subo a un camión ruidoso y retiro la basura de los cubos. De ahí proceden la mayoría de los muebles que tenemos. No tienes ni idea de las cosas que tira la gente. Nos estamos volviendo locos. Somos una sociedad puramente consumista. Si quieres, puedo llevarte conmigo algún día, aunque imagino que no te seducirá mucho la idea.

—Por el momento no, la verdad.

—No sabes lo que te pierdes. El mundo, las calles que recorro por la noche, no son como las que tú ves, son muy diferentes. Están llenas de noctívagos y seres que no puedes ver durante el día. Es como poner el pie en otra dimensión. Te gustaría. No me refiero a la recogida de la basura, sino a todo lo que puedo enseñarte y que tus ojos jamás han visto. ¿No te atrae la idea? Sé que mi camión no es el DeLorean, aunque ya me gustaría que lo fuese. Pesa tantísimo que ni un rayo podría moverlo del suelo y de esta realidad que nos ha tocado en suerte, pero en su cabina escucharás la mejor música de todos los tiempos, y eso también te hará viajar al pasado e imaginarte el futuro. Como si estuvieras en el mismísimo DeLorean.

—Eres elocuente, tengo que reconocerlo, pero no. Por el momento me lo perdono. Te avisaré cuando tenga el cuadro colgado. Me encanta, que lo sepas.

»Os debo un café —concluí, ya dentro de mi apartamento.

—Lo que me debes es un vuelo, bella escocesa. No lo olvides...

Capítulo 7

Apoyé el cuadro que Desmond me había regalado en una de las paredes del salón. Me hice un café y me senté en el suelo con la taza entre las manos, frente al lienzo. Conecté la aplicación de música en mi teléfono móvil y subí el volumen. Me centré en la organización de lo que tenía que hacer. Debía limpiar, desembalar e intentar hacerme con algunos muebles. Intentar, porque mi economía no me permitía más que hacer cábalas, soñar, me dije, dando un sorbo al café. Alán había alquilado su apartamento ya amueblado, igual que había hecho yo con el anterior en el que había vivido. Aquello para mí suponía un problema, porque casi me había marchado con lo puesto. No tenía ni un solo mueble de mi propiedad. Solo disponía de lo que Antonio había dejado: una mesa, dos sillas y un colchón de lana que reposaba sobre un somier de muelles oxidados y ruidosos. Un cabecero de madera con varias capas de barniz y del que sobresalía un cable con una perilla, que sin duda encendía una bombilla que había quemado la madera dejando un rastro negro sobre ella.

Había sido una estúpida, me dije. No debí marcharme como lo había hecho. Tendría que haberle echado agallas y quedarme en el apartamento hasta que mi situación fuese mejor. Pero me dejé llevar por la rabia y la impotencia, por el dolor que me produjeron las palabras de Alán.

Miré las cajas aún por desembalar, las etiquetas en las que había escrito el contenido de cada una de ellas, y recordé el día que Alán y yo nos mudamos. Las risas que nos echamos sobre aquel colchón sin base ni sábanas en el que nos dejamos ir. La primera cena. La primera noche, el primer despertar y... el adiós. Aquel adiós que aún me hacía daño, que no había previsto que llegara. Al menos no tan rápido y de la forma en que lo hizo. Y así fui saltando de un recuerdo a otro. De una mirada suya a una sonrisa mía. De un «te quiero» a un «yo también». De las carreras para encontrarnos a las esperas anochecidas, trasnochadas y cada vez más asiduas que lo alejaron de mí y lo unieron a ella.

El sonido del teléfono móvil me sacó de aquel ensimismamiento marchito y doloroso.

—Llevo varios días intentando localizarte —me dijo Samanta—. No respondes a los *whatsapps* que te envío. Estás desconectada de la red. Ayer traté de hablar con Alán, pero tampoco respondió a mi llamada. Le mandé varios mensajes y sé que los ha visto porque me salió la marca de «leído». Hoy he llamado a la oficina y me han dicho que te has tomado los días que tenías por asuntos propios. Dime, ¿qué pasa? —inquirió.

—Debe de ser cosa de tu conexión. Seguro que no tenéis buena cobertura en esa zona —le respondí.

Me separé del teléfono y carraspeé intentando aclarar mi voz, que parecía haberse quedado atravesada en algún punto de mi garganta.

—Te conozco, Diana. Cuando desapareces es porque estás mal. Tienes la estúpida manía de comértelo todo tú solita. Dime, ¿qué está pasando?

—Alán y yo hemos roto y me he mudado —contesté.

—¿Cómo?

Me dejó hablar sin intentar recordarme que me lo había advertido. Se limitó a escucharme hasta que le dije que la fianza y el alquiler me habían dejado sin dinero.

—Yo, en tu lugar, no me habría movido del apartamento. No debiste dejarlo. Tendría que haberse ido él, o al menos darte tiempo para que pudieras organizarte.

»Pero, estando así las cosas, ¿por qué no te fuiste a mi casa? Tienes las llaves. Te las dejé precisamente para un caso de necesidad como este —me dijo, algo molesta.

—No lo sé. Ni siquiera me acordé de tu casa ni de las llaves. No podía seguir allí ni un minuto más. No pensé en nada, solo en alejarme lo antes posible.

—Todavía le quieres, ¿verdad?

Una vez más, Samanta tenía razón. Alán aún seguía en mi vida. Su recuerdo me impedía ver más allá de él, como les sucede a los animales que se crían en una granja. Creen que sus jaulas son la única realidad, pero no saben que hay mucho más tras el cercado que los atrapa.

—En cuanto regrese nos iremos a volar y luego nos pondremos hasta las cejas de copas en el primer bar de carretera con hostal para dormir la borrachera que nos vamos a pillar, nena...

Colgué el teléfono sonriendo. Miré hacia la terraza y contemplé la vela roja de mi ala delta con nostalgia. Hacía tanto tiempo que no volaba... «¡Qué estúpida he sido!», me recriminé. Había dejado de ser yo misma por Alán y ahora, irónicamente, no sabía quién era sin él.

Cogí la escoba. Me acerqué a la puerta de entrada y la imaginé colgada sobre el dintel. La levanté, simulando colocarla, y al hacerlo sentí que mis pies se elevaban. Entonces, como si fuese una proyección cinematográfica, la habitación fue tomando decorados diferentes. Las personas que habían habitado la casa antes que yo desfilaron ante mí. Uno tras otro nacían, crecían y envejecían ante mis ojos.

Algunos murieron allí, otros salieron y no regresaron jamás. Oí sus pasos tranquilos o apresurados, sus risas, sus llantos, los vi llegar e irse, como si sus vidas en aquel lugar, lo que fueron, estuvieran sucediendo en un mismo tiempo, en una única realidad. Como si las cuerdas, todas las dimensiones de las que me había hablado Rigel y en las que él creía firmemente, se hubieran unido en una sola y se repitieran a velocidad de vértigo. La última imagen que vi fue la de mi madre. Me miró sonriente e intentó acercarse para acariciarme la cara, pero no lo consiguió. Señaló la escoba que yo sujetaba y, al hacerlo, su imagen se difuminó. Las paredes volvieron a mostrar su superficie amarillenta y desconchada. El suelo del salón retornó a su estado anterior, con aquel aspecto de desamparo y dejadez que parecía adherido a cada rincón de la casa, y de pronto sentí que Diana la bruja, como me llamaban en el hospicio, había vuelto, que no iba a poder seguir ocultándome más. Me acurruqué en el suelo, pegada a la puerta de la calle, y sin soltar la escoba, volví a preguntarme por qué, por qué me habían abandonado dentro de aquel cajón. ¿Qué pecado había cometido para que me dejasen de aquella forma y en aquel lugar cuando no era más que un bebé?

El timbre de la puerta sonó.

Era una mujer menuda y vivaracha, con los ojos grises y saltones. Llevaba el pelo recogido en una trenza larga que reposaba en su hombro derecho y le llegaba hasta la cintura. Vestía un mono de trabajo blanco cubierto de salpicaduras de pintura de varios colores.

—¡Hola! Vengo a presentarme: me llamo Elda, vivo en el primero y soy amiga de Ecles y Desmond —dijo sonriente, señalando el suelo. Se acercó a mí y me dio dos besos en las mejillas.

—Diana —le respondí, devolviéndole el saludo—. Encantada.

—Disculpa mi aspecto —añadió, inclinando la cabeza y pasando su mano por la parte delantera del mono—, estoy pintando la casa. Suelo hacerlo a menudo. No soporto ver las paredes siempre del mismo color. Me agobia. Estuve encerrada mucho tiempo en una habitación de paredes blancas.

Hizo una pausa e inclinó la cabeza con aire pensativo. Sin embargo, enseguida abandonó la expresión de tristeza que había adquirido su rostro.

—¿Sabes?, tengo el oído muy fino —prosiguió—. Oí que Desmond te acusaba de haber cogido la escoba de Claudia, pero estoy segura de que no mentías, que fue ella quien te la dio. Las dos sabemos que el que una persona haya muerto no significa que haya dejado de estar aquí. La realidad no es la misma para todos, ¿verdad?

»Huele a café, ¿me invitas a una taza?

Capítulo 8

—Me dan ganas de bajar a por decapante, una brocha y ponerme manos a la obra —dijo, pasando la mano por el tabique central del salón mientras yo preparaba café.

—No he pintado en mi vida —repuse—. De hecho, ni siquiera sé cuándo podré hacerlo. Tal vez le pase una esponja húmeda para adecentar las paredes y lo deje así—. ¿Lo quieres con leche o solo?

—Con leche —me respondió—. Me habría gustado tener una cocina americana como esta. El ático es perfecto, pero yo tiraría el tabique de la entrada y el del dormitorio. Solo dejaría el del baño. Cuando me mudé todos los áticos estaban alquilados y Claudia me ofreció el bajo con un contrato de alquiler vitalicio. Cuando ella falleció, Antonio no modificó los términos. Es un hombre de apariencia extraña, como la mayoría de los que habitamos aquí, pero buena persona, tanto como lo fue su madre. Intenta hacer creer a los demás que es duro y que no le gustamos, pero si fuese así no alquilaría ninguno de los pisos. No necesita los ingresos. Procura mantener las distancias con nosotros porque le asustan las relaciones cercanas. Su forma extravagante de vestir no se corresponde con lo introvertido que es, créeme.

—Creo que él ve a su madre como la vi yo. Estoy convencida —declaré.

—Para él está ahí, y cada vez que llega un inquilino nuevo al edificio se la presenta. Eso es algo que tengo claro desde hace tiempo y que he comentado más de una vez con Desmond y Ecles. Debe de haber algo que le impide entrar en la casa. Quizás tenga miedo a hacerlo y encontrar el piso vacío y que eso, la toma de conciencia de su muerte, le lleve a dejar de verla. ¿Quién sabe?, la mente es impredecible, Diana. Tiene una conexión muy especial con los sentimientos. En realidad son ellos los que le dan vida, los que mueven nuestro cerebro.

—Dime, ¿por qué estás tan segura de que realmente vi a Claudia? —le pregunté apoyada en la encimera, mientras esperaba que la cafetera comenzara a expulsar vapor—. Me ha sorprendido que me creyeras, que no pensases como los demás, sería lo más lógico. Tú tampoco la ves, ¿verdad?

—No, por supuesto que no, pero te oí hablar con ella —dijo, abandonando su observación de las paredes.

—¿Que me oíste? —exclamé—. Pero ¿dónde estabas?

—En mi casa, dónde iba a estar —me respondió, esbozando una sonrisa.

—Siempre he pensado que los tabiques de las fincas antiguas eran más gruesos y aislantes que los de los edificios modernos, pero ya veo que me equivocaba. Tendré cuidado con mis conversaciones —le dije—. ¿La oíste a ella?

—No, solo a ti y los silencios correspondientes a las respuestas que ella te estaba dando, o al menos eso supuse.

—No estoy acostumbrada a que la gente crea algunas de las cosas que me suceden. No suelo hablar de ello. Ya me han tomado por loca más de una vez. Para serte sincera, a veces pienso que no estoy bien del todo —dije al tiempo que llevaba el café a la mesita—. No sé dónde pueden estar los platos para las tazas del café. Todavía no me ha dado tiempo a desembalar. Tampoco he ido a comprar, solo me quedan un par de galletas, ¿quieres?

—No, gracias. No te preocupes, los cambios de residencia son complicados. El mío también lo fue. Si no llega a ser por Claudia, no sé qué habría hecho cuando llegué aquí o dónde estaría ahora. No tenía nada. Me fio el alquiler de tres meses. Después, cuando tuve estabilidad económica, me hizo un contrato vitalicio. Era una mujer excepcional, de las que nunca deberían morir. Ese tipo de personas no crees que puedan existir. —Se subió la manga del mono y miró su reloj de pulsera. Suspiró y se quitó los tapones de espuma que llevaba en los oídos.

—¿Llevabas tapones en los oídos y me oías bien? —le pregunté sorprendida.

—Están haciendo reformas en el bloque de enfrente y no soporto los taladros. Paran para desayunar todos los días a la misma hora —señaló el reloj—, así que me los quito hasta que reanudan el trabajo. Pero no creas que los tapones me aíslan, solo consigo atenuar levemente ese maldito estruendo que me aturulla. Sigo oyéndolo, pero de otra manera. Para conseguir un aislamiento completo, ese silencio necesario para descansar, utilizo unos cascos especiales. Tengo el oído muy fino, demasiado sensible. Los tabiques de este edificio son de ladrillo y tienen un grosor considerable. Ya no se hacen construcciones como esta. Pero para mí los muros no son un obstáculo, capto cualquier sonido a mucha distancia. También te oí hablar con tu amiga Samanta. Es arqueóloga, ¿verdad?

—Sí. Está en una excavación en Egipto, cumpliendo el sueño de su vida, para lo que realmente estudió. Es afortunada. Pero ¿cómo puedes tener ese oído tan fino? He leído algo sobre ese tipo de agudeza, pero no creía que se pudiera llegar a tales extremos.

—Bueno, es algo parecido a lo que les sucede a los ciegos, que desarrollan otros sentidos.

—Sí, pero tú no eres ciega.

—Me escapé de casa antes de cumplir la mayoría de edad. Durante mi huida hice autostop y me monté en el coche de un desconocido. El tipo se salió del camino, hizo una parada en una zona deshabitada y me sedó.

—Tuvo que ser espantoso —dije, sobrecogida por sus palabras.

—Lo fue. No te imaginas hasta qué extremo. Me desperté dentro de un habitáculo de dos metros de largo por uno de alto, en el que me retuvo durante diez años. Siempre tenía que estar agachada —explicó, y se dio un poco la vuelta para mostrarme su espalda encorvada.

—¡Dios! —exclamé, y puse mi mano sobre la suya—. No entiendo cómo puede haber personas que comentan semejantes atrocidades.

—Me tuvo encerrada en el sótano del edificio donde trabajaba, en un zulo que estaba a tres metros bajo tierra y que tenía un bloque de cinco pisos encima. Era el conserje, un hombre atento, apocado y al que todos tenían en alta estima. Incapaz de matar ni a una mosca, dijeron algunos, aún sobrecogidos, cuando lo detuvieron.

—No sé cómo pudiste soportarlo.

—Instinto de supervivencia, creo que solo fue eso. Mi juventud se fue entre aquellas paredes blancas, a la tenue luz de una bombilla, sobre un camastro de ladrillos y cubierta por una manta que jamás se desprendía de la humedad. Perdí visión y la luz directa del sol me hace daño. Yo tenía los ojos azules y ahora son grises, grises como agua manchada de cenizas. Es un gris sucio, lleno de dolor. Ningún especialista ha hallado una evidencia científica que explique el cambio de color de mis ojos, pero yo sí sé a qué se debe.

—Al dolor y la tristeza —respondí, reteniendo las lágrimas, impresionada por su relato.

—El encierro me hizo agudizar el oído. Con el tiempo conseguí captar los ruidos que se producían en la superficie. Los motores de los coches, los frenazos, el ruido de los cláxones... Incluso llegué a oír las conversaciones de los habitantes de los pisos que tenía encima de mí.

—¿Cómo te encontraron?

—Pensé que si yo podía oírles, ellos también me oirían a mí. Solo era cuestión de tener fe, me dije.

—Y ¿gritaste?

—Sí. Grité hasta quedarme afónica. También golpeé los tabiques hasta hacerme heridas en los puños, hasta despellejarme las manos, pero nadie me oyó. Después de muchos años encerrada, cuando desarrollé mi oído, pensé que tal vez me había equivocado: no debía gritar usando la voz, sino los pensamientos.

—No entiendo —le dije, expectante.

—Me centré en las voces que captaba con más claridad y les pedí ayuda. Repetí una y otra vez que estaba encerrada bajo ellos, en el edificio. Lo hice días tras día, mes tras mes, hasta que conseguí que una de las personas que vivía allí me oyese. Estaba tan convencida de que aquello sucedería que hubiera muerto en el intento. No pensaba parar hasta conseguirlo.

—No lo entiendo; si no gritabas, ¿cómo pudieron oírte?

—La persona que captó mi llamada era sorda de nacimiento. Se llamaba Rita y por entonces tenía ochenta años. Murió hace dos, con noventa y uno. Por supuesto, cuando aseguró que oía la voz de una mujer pidiendo ayuda no la creyeron. No es de extrañar, porque ella era la única que recibía mis mensajes y era sorda de nacimiento. Cómo iba a escucharme, debieron pensar.

—Seguro que creyeron que no estaba muy bien de la cabeza. ¡Pobre mujer! —exclamé, imaginando la situación de la anciana.

—Así fue. Pero ella seguía oyendo mis gritos desesperados y convenció a uno de sus nietos para que la acompañase hasta el lugar de donde provenían. Mi voz, la voz que solo Rita captaba, los condujo al sótano del edificio. Salía del cuarto de herramientas del conserje.

—No puedo ni imaginar lo que sentiste cuando tuviste la certeza de que te habían encontrado.

—Grité, golpeé con los nudillos en las paredes, di patadas en el suelo y salté sin descanso. Cuando la policía llegó, yo estaba exhausta, medio inconsciente por el esfuerzo que había realizado.

—Supongo que fue un suceso inexplicable para la policía. Me refiero a la forma en que Rita te localizó.

—No. Las investigaciones no reflejaron nada de lo que te he contado. En ellas se hablaba de una ranura del alcantarillado, de algún respiradero del edificio que dejó escapar mi voz a través de las paredes. Rita, su nieto y yo sabíamos que no había sucedido así, pero callamos. La mayoría de las veces es mejor guardar silencio. Las personas somos animales de costumbres y nos cuesta ver más allá de lo que nos han enseñado, de lo establecido como real.

—Es terrible —le dije—. ¿Volviste con tus padres?

—No. Habían muerto dos años antes de que me encontrasen. Jamás dejaron de buscarme. Me atormenta pensar que quizás aún lo estén haciendo, porque, como te he dicho, creo firmemente en que la muerte física no significa la desaparición total.

—¿Y él? Imagino que aún seguirá en la cárcel.

—No lo sé, han pasado más de once años. Decidí olvidarme, pasar página. Pero estoy segura de que ha salido. Tarde o temprano, todos terminan saliendo. A pesar de que decidí arrinconarlo, no pensar en su castigo o dónde puede terminar, no le he perdonado; jamás lo haré. El perdón no sirve para todos los casos. No creo en eso; es más, muchas veces ese perdón me parece imperdonable, casi un pecado. Una falta de responsabilidad, un insulto a las víctimas de barbaries como la que él cometió conmigo. No se lo merece.

»Pero dejemos de hablar de cosas tristes. Ahora ya sabes por qué no soporto las paredes blancas y a qué se debe ese oído tan fino que tengo. Qué le voy a hacer, no puedo evitar captarlo todo —dijo con un guiño. Enseguida cambió de tema—: Hemos de hacer algo con tu casa ya mismo.

—No tengo ni un céntimo para ponerme con las paredes; bueno..., ni con nada. Estoy sin blanca, o sea que la casa tendrá que esperar. Es más, creo que me voy a pasar una larga temporada subsistiendo a base de pasta y arroz.

—Bueno, bueno, de eso ya hablaremos. Ahora cuéntame algo sobre ti, escocesa —me pidió.

—No soy escocesa —la corregí.

—Pues nadie lo diría. Desmond tiene razón, lo pareces.

—No sé dónde nací ni quién era mi familia, ni siquiera si llegué a tener alguna. En realidad no sé quién soy. Me abandonaron dentro de esa gaveta. —Señalé el cajón—. La dejaron en las puertas de un orfanato cuando yo apenas tenía unos días de vida.

—¿Te abandonaron? —preguntó con un tono de extrañeza.

—Me dejaron en la puerta —expliqué, acercándole el cajón.

—No es lo mismo abandonar que dejar. ¿No has pensado que tal vez te dejaron porque querían protegerte y aquel era el único lugar que encontraron para hacerlo? —apuntó, sacando el libro de la gaveta. Pasó la yema de los dedos sobre los símbolos y me preguntó—: ¿Por qué olvidas todo lo que sabes cuando hablas sobre tus orígenes? ¿Por qué en este caso dejas que la realidad convencional te atrape y te ciegue? No lo entiendo, Diana. Si eres capaz de ver a Claudia, ¿por qué no ves más allá de los prejuicios que te invaden cuando piensas en tu infancia? ¿Por qué dejas que el dolor ciegue tu percepción?

No respondí, me limité a quedarme mirando la gaveta mientras esta se iba llenando de pétalos de rosa rojos. Rojos como la vela de mi ala delta, rojos como la luna de sangre, como el paraguas de la bruja de aquella portada del libro que Alán me regaló.

—Jamás había visto unas lágrimas tan bonitas —dijo Elda, sacando un puñado de pétalos del cajón. Me miró y, sonriente, dejó que fueran cayendo al suelo, deslizándose entre sus dedos—. ¿Ves?, a esto me refería. Deja que la magia siga en tu vida, no reniegues de ella o terminará volviéndose contra ti.

—¿Cómo puedes verlos? —le pregunté—. Casi nadie los ve. Alán, mi ex, no los vio jamás.

—Sería porque los dos vivíais realidades diferentes. Tú has hecho que yo entre en la tuya. Me la has mostrado, Diana, y yo también he querido verla. No hay mucho misterio en ello. Las cosas extraordinarias y hermosas que surgen en nuestra vida no tienen explicación, de hecho es un error buscarla. Cuando lo hacemos, cuando buscamos una explicación a algo excepcional, destruimos la magia que suscitó esos hechos o acontecimientos.

CAPÍTULO 9

Todo había cambiado y parecía haberlo hecho en un instante, pensé cuando Elda se marchó y me encontré sola en aquel salón semivacío, de paredes cuya superficie aparentaba despellejarse cada vez más deprisa. Me sentí presa de un sortilegio, como si un duende malvado hubiese chasqueado los dedos y con ello hubiera roto el hechizo que me protegía hasta entonces. Ese conjuro que daba a mi vida una cotidianeidad y una seguridad desapareció de golpe. Alán ya no formaba parte de mi presente ni del futuro que había soñado construir con él, que los dos imaginamos juntos. Samanta se había ido lejos, a Egipto, siguiendo la estela de un sueño. Y yo me había quedado allí, esperando, como la Penélope de la canción de Serrat, sentada en un banco de la estación. Solo que ella, Penélope, aguardaba a su amor. Yo, en cambio, no tenía a quién esperar. Y no sabía qué era mejor, si una cosa o la otra, me dije mientras recogía las tazas de café. Las dejé en el fregadero y me eché a llorar como una tonta. Lo hice en silencio, lo más bajito que pude. «No vaya a ser que Elda me oiga», me dije, restregándome los párpados, sentada en el suelo de la cocina.

A partir de aquel día, mi relación con Elda fue estrechándose. De vez en cuando tomábamos café con palmeritas de hojaldre que ella había preparado. Escuchábamos jazz y música *indie* sentadas en los enormes cojines que tenía en el suelo del salón, y solíamos terminar cenando en mi terraza, bajo aquel cielo sin estrellas que a mí me traía demasiados recuerdos. Recuerdos y sueños que compartí con ella. Despacio, poco a poco, como si fuese mi hada madrina, sin hacer apenas ruido, se hizo un hueco en mi vida, en aquella vida tan quebradiza como las hojas que alfombran las aceras en otoño. Sonrió, lloró y se enfurruñó, pero sobre todo me escuchó. Decía que estaba acostumbrada a escuchar. Había permanecido diez años haciéndolo, aseguraba cuando yo me recriminaba haber estado hablado demasiado tiempo. Y yo, al oírlo, recordaba su cautiverio sin poder evitar emocionarme.

Seguí recogiendo pétalos de rosa, llorando bajito al anochecer y durmiendo a intervalos, al tiempo que buscaba entre libros y legajos algún dato que pudiera revelarme qué significaba aquella gaveta y sus símbolos. Algo que me condujera a encontrar mis orígenes.

***

Samanta y yo comenzamos a hablar por teléfono de forma más asidua. Le describí a Elda y le hablé de la estrecha relación que habíamos establecido desde nuestro primer encuentro. Le dije que estábamos pintando la casa entre las dos, mano a mano. Se rio cuando le expliqué que, a veces, cuando conversaba desde mi terraza con Ecles y Desmond, me sentía como la protagonista de *La tía de Frankenstein*, porque allí, en aquel viejo edificio, todos parecíamos formar parte de una ficción.

—Qué maravillosa serie —exclamó cuando la cité—. Recuerdo que la veía en una televisión de aquellas que tenían antenas. Nena, cómo pasa el tiempo, por Dios.

»Aunque no lo creas, una de mis fantasías es subirme a la cabina de un camión, con un Mel Gibson, y recorrer las calles en la noche, cuando están vacías, sin parar, como en la peli de *Mad Max*. Pero aún no he encontrado a nadie que se le parezca y que, además, conduzca un camión. A mí tu vampiro me dice lo del DeLorean y te aseguro que me pongo los pantalones de cuero, una camiseta lo más ajustada posible, me calzo las botas de montaña y no tardo ni dos minutos en estar en la acera esperándolo para que me aúpe a la cabina.

—No digas tonterías, es un camión de la basura —respondí.

—¿Es que piensas ir en la cubeta, princesa? —dijo irónica—. No me vengas ahora con remilgos absurdos. Solo con lo que me has contado de él, yo ya le habría mostrado mi cuello. Esa cabina tiene que ser muy especial, como él, estoy segura. ¿Hablas en serio, no piensas llevarlo a volar?

—No estoy para susurros, Samanta, aún no.

—Ese tipo de hombres no suele susurrar, nena, son roqueros, y tú lo que necesitas es un buen concierto de rock. Tienes un tono de voz demasiado neutro, como sigas en esa sintonía te vas a convertir en un susurro apagado, en un canto gregoriano...

Tras dar varios rodeos y soltar algunas evasivas a mis reiteradas preguntas sobre lo que hacía después de las excavaciones, ante mi insistencia sobre cuándo tenía pensado volver, finalmente me confesó que había decidido quedarse en Egipto.

—Se parece a Freddie Mercury —me dijo eufórica—. Desentona como un condenado, pero es igualito que él. Tendrías que ver las risas que nos echamos cuando intenta cantarme «Love of My Life». Está para comérselo, incluso se quita la camiseta y escenifica la actuación. Es terrible, te lo juro, ¡pero tan divertido!

»Tiene un pequeño restaurante. Ahí nos conocimos. Tal vez pierda la partida, pero he decidido quedarme con él. No tienes ni idea de lo apasionante que es cocinar a su lado. Estoy aprendiendo un montón de recetas, que te haré cuando volvamos. Tengo pensado regresar en Navidad. Queremos pasarla contigo, incluida la Nochevieja. Está como loco por conocer a mi amiga la bruja. ¡Le he hablado tanto de ti!

—No sabes cuánto me alegro. Tú, mi soltera vocacional, la que siempre lleva su coche para poder regresar a su antojo, la que no ha cocinado ni un huevo frito, ¡quién me lo iba a decir! Cuantísimo me alegro y cuantísimo te voy a echar en falta.

»Me encantaría tenerte cerca en esas fechas. Ya sabes que el ambiente de esos días me entristece. La Navidad me gusta, pero también me produce una tremenda sensación de melancolía que no puedo controlar —concluí hipando como una niña pequeña.

—No llores, tonta —me pidió ella, llorando también, y yo saqué fuerzas para reír, para reírle a su tristeza, y así no entristecerla más de lo que ya estaba.

—Ten cuidado, Caperucita Roja. No permitas que el lobo te coma, como me pasó a mí —le dije—. Solo te pido eso, que no es poco, y, por supuesto, que no dejes de llamarme. Te aseguro que si no lo haces me pillo el primer vuelo aunque tenga que hacer mil y una escalas y te zarandeo en medio del Valle de los Reyes...

***

Había conseguido acondicionar la casa gracias a Desmond y Ecles, que, junto a Elda, fueron haciendo acopio de algunos muebles que encontraban en las calles de la periferia, en el barrio de los «venidos a más», tal como ellos llamaban la zona que Desmond recorría con su camión todas las noches. Según él, los primeros de mes las calles parecían un mercadillo de segunda mano, sobre todo cuando la gente recibía la paga extra. Los muebles y artilugios de todo tipo que desechaban se acumulaban junto a los cubos de basura que él vaciaba en la cubeta de su camión.

Elda había implicado a mis dos vecinos para remodelar mi ático, aunque entre ellos y yo aún no existía una relación tan cercana como la que habíamos establecido nosotras dos. El día que terminamos de pintar, Elda me preguntó si podían quedarse en casa para rematar los detalles. Solo faltaba quitar la cinta de carrocero de las puertas y los rodapiés, además de montar la ventana del ático, que Ecles y ella habían desmontado para enderezar el marco de metal y pintarlo con la esperanza de que así dejara de atascarse al cerrar. Les dejé las llaves cuando me fui a trabajar para que lo acabaran todo antes del mediodía.

—Por la tarde no voy a poder estar —explicó Elda—. Tengo que encalar la fachada de una tiendecita de alimentación que abre tres calles más abajo, y lo ideal sería que la pintase mañana. Si no vengo a tu casa por la mañana, tendremos que dejarlo a medias, porque ya no podré venir hasta dentro de dos días, más o menos...

Cuando, ya atardecido, regresé a casa, los encontré a los tres esperándome en el salón, sentados en un sofá de escay verde botella. Todo estaba reluciente. Habían instalado dos estanterías y distribuido varios cubos de madera en el salón. El cuadro de Desmond aún seguía sin colgar a la espera de mi decisión. En el dormitorio, el colchón de lana, tan vareado que parecía plano, reposaba sobre palés de madera pulidos y pintados con barniz mate. En el suelo, junto a la cama, había una lamparita cuya tulipa tenía forma de luna. Ecles la había confeccionado con el metal sobrante de los artilugios que encontraba en la calle. En la pared frontal del dormitorio, la que hacía de cabecero, Desmond había dibujado una vela roja, como la de mi ala delta. La pintura aún estaba reciente.

No supe qué decirles. Recorrí el ático reprimiendo las lágrimas. Me abracé a Elda y Ecles nos rodeó a ambas con sus inmensos brazos. Desmond nos miraba con una botella de vino en la mano derecha y el sacacorchos en la izquierda. Parecía que nos supiera, que estuviera habitando las emociones de cada uno de nosotros y que no le hiciera falta más que aquello: contemplarnos.

—Gracias. El ala es preciosa —le dije.

—No hay de qué, escocesa —me respondió mientras, sonriente, descorchaba la botella de vino que habían comprado—. ¿Sabes lo malo de todo esto? Que tengo que marcharme en una hora y que solo puedo mojarme los labios con este maravilloso líquido rojo. El DeLorean no perdona, y como no quieres acompañarme a viajar en el tiempo, tendré que imaginar lo estupendo que habría sido poder contar estrellas contigo.

—Si cuentas estrellas te salen verrugas —intervino Ecles. Lo miramos con sorpresa—. Por mucho que os extrañe, es así. Mi abuela siempre me lo decía.

Ninguno de los tres pudimos reprimir las carcajadas. Él, molesto, frunciendo el entrecejo, caminó hasta la terraza con la copa de vino en la mano y murmurando, al tiempo que movía la cabeza de izquierda a derecha en un claro gesto de disconformidad con nuestras risas...

Cuando se marcharon desembalé los libros y fui colocándolos en las estanterías. Solo dejé fuera el volumen que me acompañaba cuando me encontraron dentro de la gaveta y la documentación sobre los pictos que había ido recopilando. Aunque durante los años que llevaba investigando no había hallado nada nuevo, nada que aportase datos diferentes a los que Rigel había encontrado, tenía la esperanza de que en algún momento surgiría algo que me conduciría al origen de aquel cajón y el motivo por el que me habían dejado dentro de él. Coloqué la escoba que me dio Claudia apoyada en la pared, junto al lienzo de Desmond, y puse la gaveta a su lado. Al hacerlo, repasé los símbolos del cajón y del mango de la escoba. No solo eran iguales, sino que seguían el mismo orden. Con todo el ajetreo del cambio de residencia y de vida, con los recuerdos de Alán saturando mi día a día, no me había percatado de ese detalle. Me senté en el suelo, con los apuntes de Rigel, y fui comprobando una a una las notas de las traducciones que él había hecho. Apunté en un folio los nombres y el orden en que aparecían. Examiné la escoba y comparé los grabados. Todos coincidían, y uno de ellos se repetía. Era el nombre con el que me había llamado Claudia cuando me entregó la escoba: «Aunque mi hijo no lo crea, ando siempre de acá para allá. Hoy me tocó acá. Me hacía mucha ilusión darte la bienvenida, queridísima Aradia».

Aradia era el primer y el último nombre que aparecía grabado en la superficie de la gaveta, en el lateral izquierdo. Y lo mismo sucedía con los grabados de la escoba. A simple vista parecía una apertura y un cierre. Pero... ¿de qué? ¿Qué significaban aquellos nombres y el orden que seguían? ¿Por qué estaban también en el mango de la escoba? ¿Por qué Claudia me había llamado Aradia?

Serían las cuatro de la madrugada cuando oí los pasos de Desmond. Yo seguía inmersa en mis pesquisas, buscando el significado de Aradia en internet. No quise mirar hacia la terraza. Sabía que me estaría observando. Preferí evitar encontrarme con sus ojos, hacerme la distraída. Aunque esperaba que se dirigiera a mí, no lo hizo, sino que saltó a la terraza de Claudia y desapareció, lo cual me extrañó bastante. Me levanté y me preparé un vaso de leche caliente, miré la hora en el móvil y apagué el ordenador. Al día siguiente tenía que madrugar. Unos minutos después, ya en el dormitorio, escuché los maullidos largos y lastimeros de un gato y a Desmond llamándome desde fuera:

—Escocesa, tu gatito egipcio se ha escapado...

Senatón apareció en mi vida días después de que Samanta me dijese que se había enamorado y que, por el momento, no tenía pensado regresar. Fue como si ella lo hubiera mandado desde aquellas tierras lejanas para que me hiciese compañía, para que, en cierto modo, llenase parte del vacío que su ausencia iba a dejar en mí. O tal vez porque él, *Senatón*, sabía de aquellas otras realidades, o era en sí mismo una de esas cosas excepcionales de las que me había hablado Elda, pensé tiempo después. La apariencia de aquel cachorro era tan extraña como la de la mayoría de los habitantes de aquel edificio. No podía ser de otra forma, me dije sonriendo cuando vi al pequeño felino en los brazos de Desmond.

Capítulo 10

Era gris, de piel gris, porque no tenía pelo. Desmond lo sujetaba entre sus brazos.

—Deberías tener más cuidado. Lo encontré paseándose por el tejadillo. Has tenido suerte de que yo estuviera aquí, porque si no ni te habrías enterado de que había salido de la casa.

»Lo tienes muerto de hambre, porque no deja de chuparme el dedo. Dime, ¿dónde lo tenías escondido? No lo había visto hasta ahora —dijo, y apartó el dedo de la boquita del felino. Este comenzó a maullar cada vez más fuerte hasta que Desmond volvió a acercarle la yema de su índice.

—No es mío. Se habrá perdido.

—Estaba en tu salón cuando salté hacia la casa de Claudia. Lo vi caminando junto a la ventana. No me tomes el pelo —protestó molesto, y me lo tendió—. *Senatón*, tu amita pasa de ti —le dijo, acercando su cara a la del gato y mirándolo a los ojos, que eran verdes y de mirada tan profunda como la de él.

—¿*Senatón*? —pregunté sin entender nada de lo que estaba sucediendo.

—Sí. Imagino que es su nombre. Es lo que pone en su collar. —Levantó la chapa que colgaba en la correa de su diminuto cuello y me la enseñó.

—Es precioso, pero ya te he dicho que no es mío.

—¿No te gusta? —me preguntó mientras lo acurrucaba de nuevo entre sus brazos—. ¡Cómo no puede gustarte! Si es tan raro como nosotros. No podría ser más apropiado para este bloque de disidentes. Dicen que todas las brujas deben tener una escoba y un gato..., ¡pues ya tienes las dos cosas! —expuso irónico.

—Oye, no lo habrás traído tú, ¿verdad?

—Ojalá tuviera dinero para comprarte uno, pero son demasiado caros. Ya te lo he dicho, lo vi en tu salón, junto a la ventana. Tal vez ni notases su presencia. Son tan silenciosos como los vampiros y los fantasmas —apostilló divertido, y yo fruncí el ceño—. No vayas a enfadarte ahora —dijo al ver mi gesto de malhumor—. Solo es un gato indefenso y carísimo. Igual tienes razón y se coló en tu salón desde la terraza y luego volvió a salir.

—Si tiene nombre, también le habrán puesto microchip. Mañana te lo llevas a que lo busquen y así podremos devolvérselo a su dueño y a su madre, que a buen seguro lo estará echando en falta. Fijo que es de una camada cercana. No tendrá más de dos meses. Esta raza no es precisamente de las que la gente abandona. Lo más probable es que lo estén buscando.

—¿Tienes leche? Podríamos calentarle un poco, rebajarla con agua y dársela. Está hambriento. Si no quieres quedártelo, me lo llevo yo, pero mañana tendrás que acercarlo tú al veterinario porque, ya sabes, debo evitar el sol y suelo dormir durante el día. Recuerda que mi trabajo es nocturno.

Lo dejó en el suelo y el gato, como si conociese la casa desde siempre, se encaminó a la cocina y comenzó a maullar frente a la nevera.

—Y ¿cómo sabe que la leche está ahí? —preguntó Desmond, sorprendido—. Dime, escocesa, ¿estás jugando conmigo al escondite?

—¡Qué más quisieras tú! —le respondí—. Anda, ¡cansino! Vamos a darle la leche.

Me acompañó unos minutos más, hasta que *Senatón* bebió unas cuantas cucharaditas de leche y después, tras hacer un pis sobre el suelo de la cocina, como si conociera la casa desde siempre, se dirigió al dormitorio, se acurrucó en el colchón y se durmió.

—Mucho me temo que *Senatón* no saldrá de aquí. Por algún motivo ha escogido tu casa. Te ha escogido a ti. Yo también lo habría hecho —dijo separando de mi frente un mechón de cabello. Me miró a los ojos y sonrió.

—Es tarde. Mañana tengo que madrugar.

Me di la vuelta. Estiré el brazo y le señalé la puerta del piso. Intenté que no advirtiera que sus ojos me habían atraído, que su forma de mirarme me había gustado. Quizás demasiado, pensé confusa.

Desmond se dio la vuelta. Caminó de espaldas a mí y salió por la terraza.

—Espero que algún día aprendas a utilizar las puertas —le dije irónica y un tanto molesta.

—Escocesa, los vampiros no necesitamos puertas. Volamos como lo hacéis las brujas.

»¡Que descanses! Mañana te preguntaré por *Senatón*.

Se llevó la mano a los labios y me lanzó un beso, después dio un salto y desapareció en la oscuridad de su terraza.

Cuando me levanté, *Senatón* estaba dentro de la gaveta, durmiendo...

***

—Es tan feo como bonito. No sé, es un gato raro, así sin pelo, pero tiene su encanto, como todos nosotros —dijo Elda cuando se lo bajé.

—Sí, sí, eso mismo dijo Desmond cuando me lo endilgó. Es una raza egipcia. Anoche estuve buscando en internet. Creo que me he quedado sin datos por su culpa. Espero que me instalen la fibra pronto, porque vaya ruina tengo ya. ¿Podrías llevarlo al veterinario para que comprueben si tiene chip de identificación? —le pedí—. Llego tarde a trabajar.

—Y qué más te da, ¡quédatelo! No creo que lo quisieran mucho cuando lo dejaron ir por los tejados. Sé que te gusta. Si no te gustase no lo habrías metido en tu cajón.

—¡Elda! —exclamé—, no me vengas con historias de las tuyas. Se metió él solito, durante la noche. Y no tengo otro sitio mejor para transportarlo. ¿Puedes acercarlo para que le busquen el microchip? ¡Por favor!

—Como quieras, pero si no tiene dueño tendré que traérmelo de nuevo y te advierto que mi casa no es el lugar más apropiado para él. ¡Se me dan fatal las mascotas!

—Sí, sí, tú llévalo y si no tiene identificación, que seguro que la tiene, lo traes. Ya veré qué hago con él. No sabes cuánto te lo agradezco —le dije, y salí a toda velocidad.

Corrí por las calles y al final cogí el metro por los pelos. Me apoyé en una de las puertas que no se abrían, como de costumbre, porque no me gustaba ir sentada. Así evitaba que alguno de los ocupantes de los asientos contiguos cotilleara lo que estaba escribiendo en el WhatsApp o que mirase la pantalla de mi ordenador. La postura era incómoda, pero me daba privacidad. Abrí el portátil. Me acomodé y me dispuse a buscar el archivo donde había copiado y pegado parte de la documentación que había encontrado la noche anterior sobre Aradia.

—Hay quien afirma que Aradia es un nombre compuesto, que está formado por Hera y Diana —me dijo un hombre extremadamente alto y delgado que estaba junto a mí, con un acento que me pareció inglés. Lo hizo en un tono cercano, como si nos conociésemos. Incluso tocó con uno de sus dedos la pantalla del ordenador y señaló el nombre.

Vestía un traje marrón tabaco que parecía confeccionado en algodón. La tela de las prendas estaba arrugada y había perdido color, sobre todo en las costuras, que mostraban una tonalidad casi beige. Llevaba una camisa blanca abotonada hasta el cuello y los pantalones le quedaban cortos y estrechos. El bajo le llegaba a los tobillos y dejaba al descubierto unos calcetines blancos y unos zapatos de piel marrón con cordones. La piel del calzado relucía, como si lo acabara de cepillar. Entre sus pies sujetaba una cartera de cuero marrón, similar a los que suelen utilizar los maestros. Tenía los ojos grandes y negros. Su mirada era profunda, enmarcada por unas cejas anchas y pobladas, los pómulos prominentes y los labios muy finos. El color de su piel era de un tono sepia, como el que adquieren los retratos antiguos. Tenía el pelo liso y un poco largo, sujeto con una coleta baja que le daba un aspecto entre intelectual y progre.

Intenté responderle, también separarme de él, pero no pude. Fue como si hubiera perdido la capacidad de expresarme de forma oral, igual que el control de mis movimientos. Él pareció percatarse de mi impotencia. Me miró fijamente y dijo:

—No tiene por qué preocuparse. Rigel ya le habló de las otras realidades lo suficiente como para que entienda lo que está sucediendo. Él creía en la inmortalidad, en la existencia de continuos tiempos. Miles de pasados, presentes y futuros. En estos momentos usted y yo vivimos en tiempos diferentes, por ese motivo no puede interactuar conmigo. Si lo hiciese podría producirse una paradoja y eso traería consecuencias imprevisibles. Ese es el motivo por el que no puede moverse ni hablar, solo escucharme.

»Es posible que sus investigaciones sobre Aradia —expuso al tiempo que señalaba la pantalla de mi ordenador— sean el motivo por el que nos hemos encontrado aquí y de esta forma tan inusual —concluyó, marcando con su dedo índice el texto que hacía unos minutos yo había cargado e indicándome con un movimiento de la cabeza que lo leyese.

Y eso fue lo que hice:

«Aradia, considerada la madre de todas las brujas, nació el 13 de agosto de 1313 en Volterra, en el norte de Italia. Su verdadero nombre era Aradia di Toscano, hija de Diana, la diosa lunar. La primera vez que aparece mencionada en un texto es en el *Evangelio de las brujas*, obra de Charles Leland, aunque según otras fuentes ese escrito nada tiene que ver con el verdadero evangelio de las brujas, que desapareció junto a Aradia después de que ella enseñase a sus discípulos las *Trece Leyes*. Algunos datos lo sitúan en Irlanda bajo la protección de Alice Kyteler, la primera bruja irlandesa, y todo indica que permaneció bajo su amparo hasta que ella se vio obligada a desaparecer, legando su custodia a otra bruja. Antes de escapar de la justicia por los crímenes que se le imputaban, Alice Kyteler mandó hacer un cajón, una especie de gaveta con madera de haya negra, y grabó en él su nombre con el propósito de proteger el evangelio que Diana le había confiado. Después de hacerlo, ordenó que el libro fuera custodiado en aquel cajón como si este fuese una hornacina y que todas y cada una de las brujas encargadas de su salvaguarda, al terminar su función de guardianas, grabasen su nombre en uno de sus laterales, sobre la madera, a modo de hechizo protector. Las últimas investigaciones sitúan el verdadero evangelio en Europa, concretamente en Madrid, la capital de España».

***

—Si usted busca, como yo, el verdadero evangelio de las brujas —prosiguió el hombre del traje—, tenga cuidado. No todos los que indagamos sobre este tema tenemos las mismas intenciones. Las mías no están relacionadas con las artes oscuras. Solo intento saber qué hay de cierto en la existencia de ese libro. No se fíe de nadie. Y preste atención a todo: esta línea de metro es peligrosa, uno no sabe con qué o con quién puede encontrarse en un agujero de gusano.

Se inclinó. Recogió su cartera y se acercó a la puerta.

El vagón se detuvo y él se bajó sin darse la vuelta ni dirigirse a mí.

Le vi caminar por la estación mientras el tren salía. Desorientada, eché un vistazo alrededor buscando la seguridad de otra mirada, de alguien a quien preguntarle si había visto a ese hombre que se había dirigido a mí, pero el vagón estaba vacío. Me senté intentando comprender lo que me había sucedido. Apoyé la cabeza en el cristal de la ventana que había al lado de mi asiento. Me notaba cansada, como si llevase horas caminando. Debí de quedarme dormida, porque cuando mi teléfono móvil sonó, di un brinco sobresaltada.

—Como supuse, no tiene microchip. Puedes quedártelo —dijo Elda a través de la línea telefónica.

—¿El qué? —respondí contrariada, sin saber de qué me estaba hablando.

—A *Senatón*. ¿A quién va a ser? No es de nadie. Vamos, que no está registrado, o sea que es tuyo. O nuestro, porque me ha tocado comprarle el arenero y el pienso. El pobre ya no toma leche, y menos de vaca, me ha dicho el veterinario, escandalizado por nuestra inconsciencia. Ah, y tienes que darlo de alta y ponerle no sé cuántas vacunas. Una auténtica ruina.

»¿Vas a tardar mucho en regresar? Lo digo porque ya son más de las diez de la noche. Hija, te va la vida en el trabajo, ni que fueses a heredar.

—No lo sé, luego te llamo. —Colgué y miré la hora en la pantalla del teléfono.

—Perdone que la moleste, ¿se encuentra usted bien? —me preguntó uno de los vigilantes del suburbano—. Cuando me he incorporado al servicio, mi compañero del turno de la mañana me ha comentado que lleva usted en el vagón desde primera hora, sin moverse del asiento. No he querido importunarla. Al principio pensé que, simplemente, estaba trabajando aquí. Muchos lo hacen, sobre todo en invierno. Aquí se está calentito y no hay gentío como en las cafeterías. También sale más económico. —Sonrió—. La línea circular tiene esa ventaja, que uno puede pasarse horas sin tener que preocuparse de las paradas.

»¿Se encuentra bien?

Capítulo 11

—Cualquiera diría que has visto a un fantasma —dijo Elda al abrir la puerta—. Vaya aspecto traes. Estás pálida. Me recuerdas a cuando tengo a mi jefe dándome la lata durante horas. Esos días vuelvo con las neuronas patas arriba y me duelen hasta las pestañas —concluyó, mirándome de arriba abajo.

—Creo que me he quedado dormida en el metro —le dije.

—¿Quieres tomar algo? El líquido es lo mejor que hay para despabilarse. Menos mal que coges la línea circular, que si no lo mismo apareces en Teruel. No me digas que es la primera vez que te pasa. ¡Si supieses las posturas y las caras que se ven a las seis de la mañana...! —comentó, dándome un vaso con zumo de naranja.

Se agachó y sacó a *Senatón* del cajón.

—Dile a mamá lo bien que te has portado —prosiguió Elda—. Es increíble, ha ido solo al arenero en cuanto he puesto la arena artificial en la caja. Los humanos somos tontos a su lado, nos falta ese instinto primitivo que poseen los animales... Aunque más bien creo que seguimos teniéndolo, aunque lo hayamos olvidado, ¿verdad?

—No sé por qué os habéis empeñado en que *Senatón* es mío. Vamos, que me lo habéis adjudicado así, sin más. Si tanto os gusta, ¿por qué no os lo quedáis vosotros? —protesté en tono seco, tajante.

—Me pediste el favor de que me quedara con él y lo llevase al veterinario, y eso precisamente es lo que he hecho. No sé, a ver si ahora voy a tener yo la culpa de que el gato se perdiera y diera con su cuerpecito huesudo en tu terraza. ¡En fin! —exclamó enfadada, y volvió a dejarlo en mi gaveta.

—Perdona. Estoy cansada —dije, acariciando a *Senatón*—, el pobre no tiene culpa de nada, y tú menos. No he tenido un buen día y me agobia pensar en hacerme cargo de un animal. No sé cuidar ni de mí misma, como para hacerlo con él —comenté mirándolo—. Me da cargo de conciencia no poder atenderlo como debiera. Estoy sin blanca y mi trabajo no es estable..., ya sabes, los malditos contratos de obra y servicio. Hoy estás y mañana no. No sé, he tenido un mal día. Eso es todo.

—Las cosas más tontas, las que creemos menos importantes, suelen ser las que marcan nuestra vida. Si ha llegado a tu casa y a tu vida es por algún motivo. ¿No te das cuenta de que su aparición no ha sido muy normal? No te agobies; si decides quedártelo, te ayudaré a cuidarlo e intentaré que Desmond y Ecles nos echen una mano. Aunque los gatos son muy independientes, necesitan pocos cuidados. Pero si de todos modos tienes claro que no quieres hacerte cargo de él, yo le buscaré un hogar. No creo que tarde en encontrarlo. Es una raza muy cara, eso me dijo el veterinario...

Pensé en contarle a Elda lo que me había sucedido en el metro, explicarle que el hecho de tener que adoptar a *Senatón* no era la causa de mi estado de ánimo, pero no lo hice. Aquella advertencia —«No se fíe de nadie»— aún resonaba en mis pensamientos.

Al llegar a mi apartamento dejé a *Senatón* en el suelo y me dispuse a contar las palabras grabadas en la gaveta. En sus laterales había un total de diez nombres. El primero era el de Aradia, igual que el último. Miré el libro con el que me encontraron. Lo saqué de la estantería y acaricié sus tapas rojas pensando en lo que había leído en el metro sobre el evangelio de las brujas. El material del que estaba hecha la cubierta era muy similar al que se utiliza convencionalmente, duro y compacto. Sin embargo, cuando pasé los dedos

ANTONIA J. CORRALES

por ella, al tomar contacto con el calor de mis manos la portada y la contra parecieron ablandarse y moverse. Fue como si tuvieran vida propia y respondieran a mis caricias. O tal vez a mis pensamientos, aventuré. Aquellas cavilaciones me llevaron a preguntarme si mi gaveta y aquel libro no serían los mismos de los que hablaba el texto que leí en el metro, junto a aquel extraño hombre. Asustada, lo dejé caer. Al chocar contra el suelo, el volumen produjo un ruido extraño y hueco, semejante al que habría causado una pieza de metal. Aquel sonido, que se repitió como un eco durante unos minutos que se me hicieron eternos, me desconcertó y aturdió hasta tal extremo que permanecí paralizada observándolo.

—Escocesa, si sigues trasnochando tanto terminarás por convertirte en vampiro, como yo —me dijo Desmond desde su terraza.

—Y quién te ha dicho a ti que no lo soy ya —le respondí en tono irónico, y me agaché para recoger el libro del suelo—. Por cierto, me quedo con *Senatón*. No tiene chip —le expliqué.

Aún temblorosa, tomé el libro. Después de haber oído aquel sonido metálico, de haber sentido el material de su cubierta cambiar de textura bajo mis manos, pensé que cualquier cosa podía pasar. Pero el libro había adoptado su aspecto anterior.

—Vaya, me alegro por él. Contigo estará como un rey. Es un gato afortunado. Te invito a una copa de vino —dijo, enseñándome una botella y dos copas que tenía en la mano derecha y que colocó sobre la valla que dividía nuestras terrazas—. Iba a salir a casa de Claudia, pero vi la luz de tu salón encendida y pensé que este rioja sabría mejor en tu compañía. ¿Qué me dices?

Coloqué el libro en la estantería, me acerqué a la valla y le sonreí.

—Hace una noche estupenda.

—El próximo mes será el equinoccio de septiembre —dijo al tiempo que descorchaba la botella de vino—. Hace algunos años que organizamos una fiesta para celebrarlo. Podrías venir. Ecles es el anfitrión. No sé si sabes que es vigilante nocturno de una obra. Lleva

68

años trabajando allí y eso le ha dado patente de corso. Anímate, aún tienes tiempo para pensártelo —apuntó al ver mi gesto de sorpresa—. No puedes pasar una fecha como esa sola. El día y la noche tienen la misma duración en todos los lugares de la Tierra. Es extraordinario, ¿no crees? Cuando eso acontece puede suceder cualquier cosa, incluso que sea yo quien te lleve a volar a ti —dijo pegando su copa a la mía—. Brindemos por las estrellas que no has querido contar conmigo, para que sigan estando ahí el día que consiga que me dejes acercarme a ti —dijo, y yo no supe qué contestar.

Charlamos durante una hora más. Me comentó que vendía sus cuadros a través de internet, la única vía que le había permitido darse a conocer, pero que los ingresos eran tan nimios que apenas le llegaban para comprar el material.

—Nací para pintar, pero sin estrella —me explicó—. No repudio el trabajo que tengo. En los tiempos que corren, recibir un sueldo todos los meses es un privilegio. Y, aunque cueste creerlo, mi trabajo me aporta muchas cosas. Es evidente que nada tiene que ver conmigo ni con mi sueño, pero me ha cambiado la vida. Me ha dado la oportunidad de conocer otro mundo que permanece oculto para la gran mayoría. Si alguna noche te decides a acompañarme, lo entenderás.

—Ya veo que te gusta la astronomía. Eres noctámbulo.

—La alergia que sufro ha condicionado muchas de mis aficiones. Ha hecho de mi hábitat la noche y, por ende, el universo oscuro y silencioso que nos cubre. Cuando lo miramos, lo vemos hermoso. Y lo es, es tan hermoso como incomprensible e inhóspito para nosotros. Si al contemplar el firmamento pensáramos en el silencio que lo habita, en la oscuridad que lo inunda, en su inmensidad, muchos sufrirían un ataque de angustia. No somos ni una mota de polvo dentro de él. Sin embargo, a mí no me sucede, vivo en la noche, la habito. Estoy acostumbrado a esa soledad, a esa carencia de sonidos, a esa nada que al mismo tiempo está llena de vida. No todo iba a ser malo. Ser un vampiro también tiene sus ventajas.

»Deberías acompañarme algún día a casa de Claudia —prosiguió—. Todo lo que sé sobre astronomía lo he aprendido de sus libros. Su biblioteca es inmensa. Hay varios tratados de brujería. Uno de ellos tiene en la cubierta los mismos símbolos que aparecen en tu cajón. Bueno, ya no es tuyo, ahora es de *Senatón* —apostilló señalando al felino, que había salido a la terraza y se restregaba entre mis tobillos...

CAPÍTULO 12

La situación en mi empresa era inestable. Nuestro departamento había pasado de necesitar la incorporación de personal hacía cinco años a verse sometido, en los últimos meses, a una reducción de plantilla inminente. Los primeros en la lista éramos los que disponíamos de contratos por obra y servicio. Resultaba fácil y barato desprenderse de nosotros. Mi ausencia el día anterior fue suficiente para que una de las responsables del departamento de Recursos Humanos me pusiera sobre aviso y me indicase, como si me hiciera un favor al adelantarme la noticia, que fuese buscando trabajo:

—Es una falta grave que no haya comunicado su ausencia y que no tenga justificación de la misma. Su contrato vence en unos meses y no será renovado. Ya le explicamos cuando firmó que era un puesto temporal. De todas formas, y a pesar de que su actitud no es muy apropiada, consideramos que es usted muy buena profesional y, por ello, dejaremos su currículo en nuestra intranet, en la base de datos.

»No tenemos obligación de comunicarlo con tanta antelación, pero somos una empresa muy humana y queremos que nuestros trabajadores estén informados con tiempo suficiente para que puedan buscar otro empleo...

«Unos meses» eran dos, sesenta días. Ocho míseras semanas era el tiempo de que disponía para encontrar un trabajo que necesitaba para poder seguir viviendo, para pagar el alquiler y comer. No era la primera vez que me ocurría, ya había pasado por una situación similar antes de conocer a Alán. Fue entonces cuando firmé el contrato que ahora tocaba a su fin, un contrato más endeble y mísero que el papel de fumar mojado y que acabé aceptando por pura necesidad, como la mayoría de los que trabajábamos allí.

A medida que caminaba entre los horrorosos biombos grises que separaban las mesas de trabajo, las miradas de mis compañeros se fueron cruzando con la mía. Éramos las piezas básicas de un engranaje que, una vez puesto en marcha, nos escupía, nos sustituía por otros para, en un tiempo no muy largo, volver a hacer lo mismo con otras personas.

—Diana, míralo así: no tienes hijos que mantener y que necesiten un techo —me dijo Concha, una de mis compañeras, mientras tomábamos un café en la sala de descanso—. Eso, quieras o no, es un alivio. A mí, si no me renuevan, no me queda más remedio que volver a casa de mi madre. No voy a contarte lo que eso significa, imagínatelo. Solo te diré que mi marido y mi madre se llevan a tortas. Son incompatibles. Y no sé cómo se van a adaptar mis niños.

»La vida es una porquería, Diana, pero no nos queda otra que seguir adelante. Hay que hacer lo posible por que todo sea más llevadero. Tenemos la obligación de ser felices, a pesar de los pesares.

—No, Concha, la vida es maravillosa. La sociedad es la que la ensucia —le respondí pensando en todo lo que me había contado, en su situación personal—. Estoy segura de que a ti te van a renovar —le dije nada convencida, y ella me sonrió expresando con su mirada la misma inseguridad que sentía yo.

Aquella noticia cambió todos mis planes, los machacó. Tenía pensado invertir la paga extra de Navidad en hacer un viaje a Volterra, durante las vacaciones de Semana Santa, para conocer de primera mano la historia de Aradia. Quería visitar los lugares donde, según había leído, fue vista por última vez la que se consideraba la bruja más antigua de Italia, la madre de todas las brujas y una de las figuras más importantes para el neopaganismo. Aquello, como todo lo demás, comprar estores para las ventanas, un colchón, ropa de cama..., quedaba atrás, perdido en un limbo económico del que no sabía cómo iba a salir. Aquel día llamé a Samanta para comentarle los cambios que se avecinaban en la empresa. Aunque ella tenía excedencia, consideré que debía saberlo.

—Por la casa no te preocupes. Tienes la mía —dijo cuando se lo comenté—. Ya había sopesado ampliar mi excedencia, no me lo pueden negar, y ahora lo haré con más motivo. Aunque no creo que vuelva a residir en España, no está mal asegurarse las cosas, ya sabes, por aquello de ir a todos lados con coche propio. —Se rio. Yo no respondí—. Hazme el favor de no preocuparte. ¿Me oyes?

—Pues sí que me preocupo, y mucho. Aquí el trabajo escasea, ya lo sabes. Solo domino la administración, un sector que no da para más. Sobramos muchos.

—¿No eras tú la que me decía que era malo anticiparse, que no servía de nada? Pues aplícate el consejo. Tómatelo con calma. Estoy segura de que todo se solventará.

»¿Eso que oigo es un maullido? —me preguntó de pronto—. No me digas que tienes un gato. ¿Recuerdas cuando te hablé de mi Freddie Mercury particular? Pues resulta que al día siguiente llegó un gatito a la excavación. Era gris y sin pelo, un gato egipcio. Son rarísimos, pero tienen su encanto. Me acordé de ti por lo que me contaste sobre tus vecinos y pensé que sería la mascota ideal para el bloque. A lo que iba: el gatito era de uno de nuestros compañeros.

Mi «amigo especial» se lo compró y tuvo la brillante idea de llevarlo en su mochila, porque no quería dejarlo en el hotel. El animalito era monísimo, de apenas unos meses, y lo llamó *Senatón*. Lo malo es que hace poco hubo una pequeña tormenta de arena y el pobrecillo se perdió. Todos ayudamos a buscarlo, pero no logramos dar con él. ¡Qué lástima! Aún se me encoge el corazón cuando lo recuerdo.

La escuché sin poder articular palabra, con *Senatón* en mis brazos. No le dije cómo era ni que en su collar ponía el mismo nombre que el del gato de su compañero. No lo habría entendido, aunque tampoco lo entendía yo, pensé. Pero ya eran demasiados acontecimientos insólitos los que me habían sucedido como para plantearme nada, me dije al tiempo que acariciaba sus orejas.

—Diana, ¿sigues ahí? —me preguntó al ver que no respondía.

—Sí, sí, perdona. Se ha ido la conexión. No te oía bien. Dime.

—Tengo que dejarte, pero ya sabes lo que te he dicho: mi casa es tu casa.

Colgué el teléfono y me quedé mirando a *Senatón*.

—¿Por qué estás aquí? ¿A qué has venido desde tan lejos? —le dije, como si fuese el mismo gato al que se había referido Samanta.

Lo miré a los ojos y volví a preguntárselo, esa vez pensándolo. Clavó sus pupilas en las mías, como si entendiese lo que le estaba diciendo, y se revolvió en mis brazos.

Me agaché y lo dejé en el suelo. Al hacerlo echó a correr, dio un salto y se encaramó a la librería. Enganchó las uñas en el volumen que yo había guardado y tiró de él hasta que el libro se cayó del estante. Cuando golpeó contra el suelo, volvió a producir aquel sonido metálico e irregular, pero *Senatón* no se asustó, sino que saltó sobre la cubierta y, como si esta fuese la base del arenero, comenzó a arañarla. Fui hacia él y lo levanté. Iba a regañarlo cuando vi que algo asomaba bajo la pasta. Se trataba de unos caracteres que no se apreciaban con claridad, pero estaba segura de que eran letras. Pensé en rasparlo con un estropajo, rascar la cubierta como había hecho *Senatón*, pero temí que las grafías se borraran.

Recogí el libro del suelo y fui a ver a Desmond. Confiaba en que él pudiese retirar la capa que tapaba las letras.

—Puedo intentarlo con este líquido —dijo, enseñándome un botecito y un pincel—, lo utilizo para quitar el óleo de los lienzos cuando quiero volver a pintar sobre ellos, pero no te puedo garantizar que dé un resultado seguro. Me refiero a que lo mismo nos lo cargamos todo. Igual es mejor dejar que *Senatón* siga arañándolo. —Me miró a la espera de mi conformidad.

—¡Adelante! —le dije impaciente—. Usa ese líquido. Quiero ver lo que hay debajo.

—Es que estáis locos —nos recriminó Ecles—. Si le echas ese líquido, te lo vas a cargar todo. Dejadme a mí. Esto es casi un trabajo de arqueología.

Le quitó el libro a Desmond de las manos y se lo llevó a su chiringuito. Quise seguirlo, pero no me dejó entrar.

—Me pondrás nervioso. Si quieres que lo limpie, espérame fuera. O en la casa, con Desmond —me dijo tajante, con cierto malestar que atisbé en sus gestos y que me incomodó.

Aunque Desmond insistió en que me quedase, preferí esperar en mi casa. En ese momento estaba demasiado nerviosa como para mantener cualquier tipo de conversación.

Me llamó tres horas más tarde.

—Es italiano —me explicó Ecles, entregándome el libro—. Parece un título, pero lo extraño es que las páginas interiores estén en blanco. Aunque puede que su interior no fuese el que tienen ahora. Tal vez encuadernaron unos folios en esta cubierta, que antes perteneció a otro ejemplar —concluyó encogiéndose de hombros, y me lo entregó—. Es muy antiguo, eso puedo asegurártelo. No sé qué tipo de material es, pero puedo garantizarte que esta cubierta está confeccionada con un preparado que no había visto jamás. Por otro lado, creo que quisieron ocultar esas palabras. Lo que no se me ocurre es el motivo que tuvieron para hacerlo, a no ser que, como te he dicho antes, utilizasen la cubierta de nuevo, que la reciclasen, y por ello ocultaron las letras. Si tuviese el texto original, es probable que su valoración fuese muy alta. Mi opinión es que esta cubierta pertenece a otro libro, un ejemplar que debió de ser muy antiguo y valioso.

Aradia
Le tredici leggi
Credo e riti

CAPÍTULO 13

Había vuelto a la entrada del laberinto, ni tan siquiera había avanzado un palmo, pensé leyendo las grafías. Solo tenía el nombre de Aradia, la frase, las trece leyes, y dos palabras, «credo» y «ritos». Nada en aquellas letras hablaba del evangelio de las brujas, como yo había supuesto. Antes de que Ecles limpiase la cubierta, tenía la esperanza de que aquel libro, lo que había escrito en su portada, me condujese hacia nuevas investigaciones y estas a un nuevo camino que me acercara a saber algo más sobre mis orígenes, pero seguía siendo un simple libro con todas las páginas en blanco.

Aquel día invité a Elda a cenar en mi casa. Había decidido contarle el encuentro con aquel desconocido en el metro y la similitud de *Senatón* con el gato del que me había hablado Samanta. Ella era la única persona que me creería, que entendería mi desasosiego, pensé. Si había visto mis lágrimas trasformadas en pétalos de rosa, si las había identificado como algo normal, el resto de los acontecimientos le serían igual de cotidianos y comprensibles. Y aunque aún permanecía fresca en mis pensamientos la advertencia que me hizo el hombre del vagón del metro, decidí arriesgarme porque ella era, en cierto modo, como yo. Un ser extraño, diferente al resto, capaz de ver y sentir las otras realidades, y lo más importante: creía en ellas.

Elda llegó media hora antes. Cuando le abrí la puerta capté un rumor extraño y constante, como si tras ella alguien estuviera murmurando. Pero no había nadie. El sonido me pareció tan real que salí al rellano para echar un vistazo e incluso me asomé al hueco de las escaleras buscando su procedencia.

—¿Qué pasa? —me preguntó ella al tiempo que seguía mis pasos.

—He oído una especie de cuchicheo muy raro —le respondí—. ¿Tú no?

—No. Tal vez haya sido una corriente de aire. Ya sabes, tengo el oído muy fino, lo habría captado antes que tú —contestó sonriendo.

—Es posible —repuse mientras me hacía a un lado para dejarla entrar en casa.

—Espero que no te importe que haya subido antes de la hora. He terminado pronto el trabajo y pensé que así tendríamos más tiempo para charlar.

—¡Qué cosas tienes! Tú nunca molestas —le respondí.

No le dije que su presencia, inexplicablemente, me incomodaba, y lo más preocupante era que no sabía por qué.

—Y bien, dime, ¿qué es lo que te inquieta tanto? —preguntó sin más preámbulos.

La miré con detenimiento, de arriba abajo, porque de pronto me pareció más alta y más delgada. El habitual olor a pintura plástica que solía acompañarla había desaparecido. Sus pasos dejaron un rastro a humedad que me recordó al que adquieren algunas viviendas cuando permanecen cerradas durante mucho tiempo.

—No sé por qué piensas que estoy intranquila.

—Porque te conozco y no hay más que verte, no dejas de mirar alrededor. Aunque lo hagas de soslayo y creas que no me he dado cuenta, no has parado de echar vistazos desde que he llegado —dijo mirándome fijamente, como si intentase leer mis pensamientos.

Después me guiñó el ojo derecho en un gesto claro de complicidad que no era habitual en ella.

La observé con detenimiento, buscándola, porque tenía la sensación, la insólita impresión de que Elda no estaba allí, de que por algún motivo se había ido. Algo en ella había cambiado, pero no acertaba a saber qué era.

—Tal vez tengas razón, estoy un poco nerviosa. ¿Quieres tomar algo? La cena aún tardará. Estoy haciendo una escalivada.

—No —me respondió sentándose en el sofá, y yo la acompañé—. ¿Es que no vas a contarme lo que te sucede? —insistió—. Te preocupa ese libro, ¿verdad? —Y señaló la estantería, el lugar exacto en el que yo lo había recolocado.

—No, el libro no tiene nada que ver con esto. Al menos no del todo —puntualicé.

Se levantó y lo cogió de la estantería.

—¿Estás segura de lo que dices? Yo creo que sí, que este libro tiene mucho que ver en todo lo que te sucede. Sus páginas en blanco te aterrorizan tanto como el hecho de no saber qué significado pueden tener todos esos nombres grabados en la gaveta. —La señaló—. El vacío que produce en tu interior la falta de una familia te está robando la cordura. No saber quiénes eran tus padres y por qué te abandonaron en aquel mísero hospicio, dentro de ese cajón de madera, parece ser lo único que te importa. Aunque, en el fondo, tal vez sea tu miedo el que te impide ver más allá, tomar el camino adecuado.

—No entiendo lo que estás diciendo —la interrumpí porque la forma de dirigirse a mí me resultó desagradable, demasiado cruda, directa e inusual en ella.

—Perdona —dijo cambiando el tono de voz, que se tornó más pausado y bajo—. Solo me preocupo por ti. Deberías enfrentarte a tus miedos. ¿No has pensado que igual la respuesta a todo está frente a ti? Quizás las páginas de este libro permanecen en blanco para que escribas en ellas. A veces las soluciones más simples son las acertadas. Además, es muy extraño que aún no hayas escrito nada. Cualquier persona ya lo habría utilizado.

—Ya, pero yo no soy como cualquier persona —le respondí seca y tajante.

—Y ¿por qué no lo haces ahora? Tal vez así todas tus preguntas se resuelvan. Nunca se sabe.

A continuación, abrió el libro, lo puso sobre mi regazo y me ofreció un bolígrafo. La carcasa era de cristal transparente y dejaba ver la carga llena de tinta roja, de un rojo encarnado, similar al color de la cubierta del libro.

La miré aún más contrariada por su actitud e insistencia, sin coger el bolígrafo que me ofrecía.

—Anoche soñé que volaba sobre Irlanda —le dije, retirando su mano y el bolígrafo.

—No entiendo. —Se encogió de hombros—. ¿Qué quieres decirme? ¿A qué viene ahora que me cuentes el sueño que tuviste anoche? —dijo achicando los ojos, al tiempo que fijaba la mirada en mis manos y se revolvía inquieta en el sofá.

—No estaba en este siglo, me encontraba en el siglo XIII. Aterricé junto a una posada. En su puerta había una mujer bellísima que se presentó como Alice Kyteler.

—Sé quién fue Alice Kyteler.

Continué hablando, haciendo caso omiso a sus interrupciones:

—Alice me reprendió por estar allí. Dijo que mi visita había dejado un rastro que otros seguirían y me tachó de inconsciente. Me llamó imprudente y, acto seguido, señaló el cielo con un gesto imperativo, como si me lanzase hacia él. Y así fue. Al instante me vi volando sobre la escoba que Claudia me dio. Recorrí Escocia. Llegué a las islas Orcadas y bajé en el centro de las piedras de los círculos de Brodgar y Stennes.

—Sigo sin entender a qué viene todo esto —me interrumpió e hizo el intento de coger el libro, que aún permanecía sobre mi regazo, pero yo lo cerré y puse mis manos sobre él.

—Cuando me desperté, la escoba que me regaló Claudia estaba encima de mi cama. Había abandonado su lugar sobre la puerta de la entrada de casa, pero yo no recordaba haberla descolgado del dintel. Aún no la he tocado, no he vuelto a colgarla. Aunque debería haberlo hecho. ¿No crees? —le pregunté en un tono desafiante e irónico.

No me respondió. Me levanté y coloqué el libro en la estantería.

—Desde que Claudia me la regaló y la colgué me he sentido protegida. Hoy me siento extraña, como desamparada, incluso el aire de la casa me huele diferente. Huele a musgo. Y tú, Elda, me pareces distinta. No te reconozco —le dije al tiempo que un escalofrío me recorría por dentro—. Tengo la sensación de que te has trasformado en otra persona, alguien que ha seguido mi rastro, tal y como me advirtió en el sueño Alice Kyteler. ¿Es así? Dime que me equivoco, ¡necesito estar equivocada! —concluí temblorosa, asustada, aunque ocultando mi estado anímico ante ella.

El timbre de la puerta sonó con insistencia, como si hubieran estado apretando el pulsador varias veces y no hubiesen hallado respuesta. Me levanté pensando que era Ecles o Desmond. Ella se quedó sentada en el sofá, inmóvil, casi estática, sin seguir mis pasos y con la vista fija en la estantería, sobre el lomo del libro.

—Siento llegar tarde —se disculpó Elda cuando le abrí la puerta—. Ecles me entretuvo. Quería que te diese esto. —Me tendió una caja que parecía un pequeño joyero de plata—. Llevo llamando un buen rato. Ya empezaba a preocuparme. Incluso te he mandado un mensaje al móvil.

No le respondí ni me aparté para que entrase en casa. La miré fijamente, sin entender qué estaba sucediendo. Ella seguía con la caja en las manos, ofreciéndomela. Segundos después, bajo la mirada incrédula de Elda, di media vuelta y me encaminé hacia el salón pensando aterrorizada: «Si Elda está aquí, si acabo de abrirle la puerta, ¿con quién he estado hablando?».

Era alto y delgado. A pesar del calor, vestía gabardina gris, guantes de cuero y llevaba un sombrero de ala ancha. Le vi saltar. Su figura delgada se precipitó al vacío ante mis ojos.

—¡Dios mío! —grité, llevándome las manos a la cara y tapándome los ojos.

—¡¿Qué?! ¿Qué pasa? —dijo Elda, alarmada. Dejó la caja sobre la mesa, me agarró por los hombros y me zarandeó levemente a la espera de una reacción.

—Ha saltado. —Señalé la terraza—. Le he visto precipitarse, le he visto saltar —expliqué horrorizada.

—¿Qué?, ¿quién ha saltado? —inquirió Elda.

—El hombre de la gabardina —le respondí bajito con un siseo ahogado, y volví a señalar la terraza.

Elda retiró las manos de mis hombros y, con un gesto de incomprensión, se dirigió a la terraza. Se apoyó en la barandilla y miró hacia abajo. Yo permanecía de pie, sin moverme.

—No sé lo que has visto o lo que has creído ver, pero nada indica que haya sucedido lo que cuentas —me dijo al regresar al salón—. ¿Qué pasa, Diana?

No respondí. Me asomé a la calle. Todo seguía igual: el tráfico, la gente caminando por las aceras... Todo era lo habitual, lo rutinario, excepto el hombre que estaba en la acera de enfrente, mirando hacia la terraza, mirándome a mí. El mismo que instantes antes había saltado al vacío desde mi casa. Se quitó el sombrero y me saludó con él. Después entró en la floristería y desapareció nada más atravesar el umbral. Su figura se desvaneció ante mis ojos como si fuese un fantasma.

Desorientada, me senté en el sofá. Elda se agachó junto a mí y me tomó las manos.

—Voy a por un vaso de agua —dijo—. Tómate el tiempo que necesites y, cuando estés más calmada, me cuentas lo que te ha sucedido...

Pero no quise hacerlo. Preferí callar. Tomé aire y busqué una respuesta coherente que darle.

—Habrá sido una pesadilla —le dije unos segundos después—. Anoche estuve hasta muy tarde con el ordenador y debo de haberme quedado dormida.

—La escalivada casi se te quema —dijo ella desde la cocina—. Apago el horno y lo dejo con la puerta abierta, si no el calor residual nos puede estropear la cena. Esto tiene una pinta estupenda.

—Gracias por ser tan comprensiva.

—No seas tonta, qué gracias ni qué narices; somos amigas. Eso sí, no vuelvas a darme un susto de estos. Lo primero que pensé fue que *Senatón* se había caído a la calle, que había saltado detrás de algún gorrión —me respondió ya en el salón, dándome el vaso de agua.

—Ha sido una pesadilla muy desagradable y demasiado real. Creo que te abrí la puerta aún adormilada —le expliqué, y bebí el agua que me había traído.

—Desde luego, buen aspecto no tenías, estabas pálida. Debes tener cuidado, puede que sea sonambulismo. En ese caso, es peligroso. —Me quitó el vaso de agua de las manos, lo puso en la mesita y dijo—: Anda, abre la caja que me ha dado Ecles. No sabes lo pesado que se ha puesto.

—Sí, sí, ahora voy, pero antes tengo que hacer una cosa.

Me levanté y me dirigí al dormitorio. Elda vino tras de mí. Cogí la escoba de Claudia, que estaba encima de la cama, y volví a colgarla sobre la puerta de la entrada, ante la mirada atenta de mi amiga.

—¿A qué se debe tanta urgencia por colgar la escoba? —inquirió.

—Me siento más segura teniéndola ahí —expliqué señalándola—. Más ahora, después de esa pesadilla tan desagradable que he tenido.

Me miró y sonrió como si supiera que le estaba ocultando algo, que le mentía. Pero no dijo nada, calló como lo había hecho yo antes que ella.

Aunque Elda insistió en que abriera la caja que Ecles le había dado para mí, no quise hacerlo hasta después de cenar. La abrí aún atemorizada por el recuerdo del hombre saltando al vacío, mientras sus palabras daban vueltas en mis pensamientos.

Capítulo 14

Elda no dio importancia a los comentarios que Ecles le hizo sobre el contenido de la caja, o al menos eso me pareció a mí al escucharla.

—Me repitió varias veces que lo devolvieses al libro. Son los trozos de cubierta que raspó —me dijo mientras yo abría el joyero de plata—. Me explicó que cuando rozó la cubierta con los dedos, el material pareció moverse debajo de ellos, como si se ablandase o tuviese vida propia. Ya sabes cómo es él con el tema de la vida y lo obsesionado que está con que todos los objetos, cualquier cosa, poseen vida y tienen alma.

—Ha guardado los restos que quitó de la cubierta, ¡no me lo puedo creer! —exclamé sorprendida—. Y ¿por qué no me los dio?

—No se lo he preguntado. Imagino que en ese momento no se atrevió a decirte lo que le había sucedido. Insistió muchísimo en que devolvieras el material al libro —remarcó, señalando la caja—. No sé cómo vas a hacer eso, la verdad.

—Yo tampoco —le respondí, aunque, después de todo lo que me había sucedido, pensé que tal vez no fuese tan extraño que aquellos pedazos volviesen a formar parte de la cubierta con solo ponerlos sobre ella.

—Bueno, nunca se sabe. Ya conoces mi opinión: todo es posible, solo hay que tener fe. Oye, ¿cuándo piensas contarme eso de lo que querías hablar conmigo? Me dijiste que necesitabas explicarme una cosa importante, por eso quedamos para cenar —dijo en tono irónico.

Le sonreí, me levanté y deposité la caja sobre la estantería, junto al libro.

—Estoy pensando en cambiar de trabajo. Las cosas no andan bien en la empresa y voy a mirar la forma de montar un pequeño negocio. Si tengo suerte puede que consiga un préstamo para emprendedores. ¿Qué te parece? —respondí, aprovechando para comentarle los planes que desde hacía días me rondaban por la cabeza y así justificar mi invitación para cenar. En efecto, tenía pensado hablarlo con ella, pero no en aquel momento.

—Ni de broma me habría imaginado que era eso lo que querías decirme. Si te soy sincera, te noté preocupada.

—Y lo estoy. Aún no tengo nada, solo es un proyecto. Pero dime, ¿crees que es buena idea?

—Me parece un poco arriesgado, pero me gusta. Imagino que ya tendrás pensado de qué va a ser y la zona donde te gustaría ubicarlo.

—Sí, por supuesto. He pensado en vender libros antiguos, cartas del tarot, velas... Contaría con la colaboración de mi amiga Samanta. Aún no se lo he preguntado, pero sé que hará todo lo posible por ayudarme; ella puede conseguirme material artesanal de Egipto. Me gustaría que fuese un establecimiento distinto al resto. Quiero que sea un lugar donde los clientes, nada más entrar, sientan el alma de cada artículo allí expuesto, y que todos encuentren el suyo propio. En cuanto al local, creo que tú puedes echarme una mano.

—Quieres que lo pinte —dijo sonriente.

—No exactamente. Quiero que me ayudes a encontrar al dueño. Es el local que está en los bajos del edificio. Como sabes, está cerrado y no tiene ningún cartel. ¿Crees que podríamos averiguar de quién es? El sitio es ideal. Necesitará muchos arreglos, pero a lo mejor eso me sirve para conseguir un buen precio en el alquiler.

—El local es de Antonio, nuestro casero, pero siento decirte que es lo único que no alquila. Lo regentaba su madre y lo mantiene tal y como ella lo dejó. Como si fuese un mausoleo. Yo que tú ni se lo comentaría —expuso.

—Lo intentaré de todas formas. Echaré mano de la agente inmobiliaria, y si ella no lo consigue, hablaré yo con él.

Continuamos hablando durante media hora más sobre aquel proyecto.

Cuando Elda se marchó, cogí la caja que Ecles le había dado. Coloqué el libro sobre la mesa, me senté y la abrí. Sin tocar el material que había dentro de ella, la volqué encima del libro. Los pedacitos rojos cayeron sobre la cubierta y de repente comenzaron a acoplarse entre sí, y como si fuesen bolitas de mercurio, se unieron al resto de la cubierta hasta que esta recobró su aspecto anterior. Ni tan siquiera se notaban los arañazos de *Senatón*. El gatito, que había estado durmiendo durante toda la velada dentro de la gaveta, dio un salto y salió corriendo hacia el dormitorio en el momento en que volqué la caja sobre el libro.

Era evidente, pensé mirando la cubierta, que por alguna razón que desconocía mi vida no solo había cambiado al dejarme Alán, algo más había sucedido que yo había pasado por alto. Tal vez las investigaciones que estaba siguiendo, mi insistencia, habían originado aquel cambio. O quizás, pensé observando la caja de Ecles, los causantes de todos aquellos acontecimientos extraños eran aquel edificio y sus inquilinos. Solo estaba segura de que Diana la bruja, como me apodaban en el hospicio, seguía ahí, dentro de mi alma y mi corazón, y parecía luchar con todas sus fuerzas por salir. Y lo más importante y extraño era que me sentía bien, pensé sonriendo mientras devolvía la caja y el libro a la estantería.

Salí a la terraza y contemplé la calle. La falta de luz dentro de las tiendas ya cerradas confería a los maniquíes un aspecto fantasmal. Las aceras estaban casi vacías, ocupadas solo por algún que otro transeúnte que regresaba del trabajo o acudía a alguna cita. Se había levantado viento, un viento que removía las hojas de los plátanos de sombra, que zarandeaba los toldos de los balcones y arrastraba algún que otro papel sobre los adoquines grises y sucios, que desplazaba por el aire las gotas del agua sobrante del riego de algunas macetas. Era un viento cálido y seco que también revolvió la tela plegada de la vela de mi ala delta, se coló entre sus pliegues, recorrió su interior y sacó fuera cientos de recuerdos que me asaltaron, que parecían haber estado esperando a salir justo en aquel momento. Agazapados, como bandidos en aquella noche cálida y solitaria de agosto, fueron pasando uno tras otro ante mí. Me agaché para recolocar la vela y pensé que ella, como yo, anhelaba volver a surcar el cielo. El sonido inconfundible del camión de la basura vaciando los cubos corrió por la fachada del edificio, subió por las paredes de ladrillo visto ennegrecido por la polución y murmuró algo cerca de mí, algo que no conseguí entender. Me incorporé para ver sus luces. Los destellos amarillentos yendo y viniendo en la semioscuridad. Sabía que no era el DeLorean porque Desmond tenía otra ruta, pero no pude evitar imaginarlo dentro de la cabina y sonreí. Sabía que algo estaba sucediendo entre nosotros, lo sentía, pero tenía miedo, miedo a dejarme llevar por aquella química, que presentía formaba parte de otra realidad.

Saqué a la terraza los cojines del sofá, mi almohada y la colcha. Cogí el teléfono móvil y me tumbé. Cargué la aplicación de música en el teléfono. Busqué «Lost On You», de la cantante neoyorquina Laura Pergolizzi, conocida como LP, y cerré los ojos. Intenté que mis pensamientos se aplacasen, que se fueran yendo con la voz, la letra y la música de aquella canción que tanto me gustaba.

***

Desperté ya amaneciendo, en la cama. Olía a café recién hecho y tostadas.

—Estás preciosa cuando duermes —me dijo Desmond—. Ya sé que es la típica frase que suele decirse, pero en tu caso es cierta.

—Gracias por llevarme a mi cama —repuse con una sonrisa agria al recordar cuando Alán me levantaba del sofá y en brazos, como si fuese una niña, me llevaba al dormitorio.

—No tienes que agradecerme nada, ha sido un regalo para mí poder llevarte en brazos. Te acurrucaste enseguida. Parecías un pajarito arrecido de frío —explicó—. Lo que sí me costó fue meter a *Senatón* en la casa. Ni te cuento qué bufido dio cuando intenté cogerlo, parecía el grito de un demonio de Tasmania. Lo dejé ahí, con el hocico levantado y enseñándome los dientes. Es un desagradecido, ha olvidado demasiado pronto que fui yo quien lo rescató —concluyó.

—¡Qué me dices! —exclamé sonriendo—. Creía que los vampiros os entendíais con las criaturas de la noche, y los gatos lo son.

—Debería haberle bufado yo también, pero no quise asustarlo —contestó sonriendo.

Quizás días atrás me habría molestado que no me despertase y se tomase la libertad de llevarme a mi cama, pensé mirándolo. Pero en esa ocasión no fue así, me agradó que lo hiciese porque cada día lo sentía más cerca de mí. Había algo que poco a poco parecía unirnos, algo invisible que jugaba con nosotros y nuestras emociones. Era evidente que ambos nos sentíamos bien cuando estábamos juntos y que los dos éramos conscientes de ello.

—La próxima vez, si la hay, despiértame —le dije.

—Lo intenté, pero fue imposible, créeme —respondió—. Se me hace tarde y creo que a ti también —comentó mirando su reloj de pulsera—. Yo tengo que dormir y tú, imagino, que trabajar. No olvides que rescatarte de la terraza muerta de frío, hacerte el desayuno y aguantar el bufido de *Senatón* se merece, al menos, un vuelo en tu ala delta. Me lo debes, aunque mi preocupación por ti no te haya gustado del todo. —Me guiñó el ojo derecho y caminó hasta la puerta porque el sol comenzaba a dar en la terraza.

—Lo vamos hablando —le dije, y él se encogió de hombros, como si no entendiese a qué me estaba refiriendo—. Me refiero a lo del vuelo.

—Vale. Nos vemos, escocesa —concluyó desde la puerta de la calle.

—Nos vemos, vampiro —contesté.

Aquella mañana cogí la línea 6, la circular, con la premonición de que el viaje no iba a ser como los anteriores. Sabía que, aunque no quisiera, los acontecimientos insólitos seguirían sucediendo. Mi vida había dado un giro de ciento ochenta grados, algo había roto la burbuja en la que había estado encerrada, o protegida, durante tantos años. Había dejado de ser una persona normal y me había convertido en la bruja que siempre fui. Tenía la seguridad de que ya no había marcha atrás, porque comenzaba a pensar, sentir y ver de otra forma todo lo que me rodeaba. Era diferente al resto de los mortales, y así me sentía. Aquellos cambios, pensé, solo eran el comienzo de una trasformación inevitable, porque todo ello formaba parte de mi destino.

Me coloqué, como siempre, recostada en uno de los laterales, lejos de las miradas indiscretas. Aquella mañana no abrí mi ordenador, cerré los ojos y recapitulé todos los acontecimientos extraños que me habían sucedido en tan poco tiempo. Mi encuentro con aquel hombre cuyo físico, durante casi toda la conversación, había sido idéntico al de Elda, sus palabras y la insistencia en que yo escribiese en las páginas del libro. Mi mentira al dar a entender que no había intentado escribir en él. Lo había hecho muchas veces, durante muchos años, pero jamás lo había conseguido porque la punta del bolígrafo patinaba sobre las planas y la tinta no se adhería a ellas, resbalaba por la superficie. Ni tan siquiera la manchaba. Se deslizaba por las hojas hasta caer sobre la mesa.

Recordé el libro precipitándose al suelo cuando *Senatón* lo tiró de la estantería y el ruido metálico que produjo al golpear contra el piso. Las palabras de Ecles especulando sobre la posibilidad de que las tapas perteneciesen a otro ejemplar y lo mucho que le había sorprendido el material con el que estaban confeccionadas... Me vi volcando la caja de plata con los restos de la cubierta que Ecles había quitado y recordé cómo se habían unido aquellos pedazos al caer sobre la cubierta hasta devolverle su aspecto anterior. De pronto, la imagen del bolígrafo que me había ofrecido aquel hombre, el color de la tinta, de un rojo encarnado tan semejante al de la cubierta del libro, junto a todo lo sucedido antes y después de su visita, pareció tomar forma y sentido. Cada uno de aquellos sucesos se acoplaron entre sí como si fuesen piezas de un puzle que formó una única figura, clara y precisa: las páginas estaban escritas. Lo habían estado siempre. Cómo no me había dado cuenta antes, me recriminé.

—Ese texto es similar a un archivo informático protegido. No se puede ver su contenido, ni abrirlo ni modificarlo. Para acceder a él hay que tener el material preciso y las claves —dijo una voz masculina.

Abrí los ojos y lo vi frente a mí. Tenía el mismo aspecto que la vez anterior, cuando me había hablado sobre Aradia, afirmado que aquella estación era un agujero de gusano y advertido que tuviera cuidado porque no todos los que buscaban el evangelio de las brujas tenían las mismas intenciones que él.

—Lo siento, no he podido evitar oír sus pensamientos. Me refiero a sus conclusiones sobre el libro, el verdadero evangelio de las brujas. Su composición es de un material similar al mercurio. Lo tiene usted, ¿verdad? —preguntó.

El tren entró en un túnel y su figura se difuminó en la oscuridad del metro.

Recorrí el vagón buscándolo, aun sabiendo que si yo podía caminar, él ya no estaría allí. Se habría marchado como la vez anterior, sin dejar rastro de su existencia, regresando de nuevo a su realidad a través de aquel agujero de gusano.

Volví a situarme en uno de los lados del vagón. Me intranquilicé al pensar que, como en nuestro anterior encuentro, el tiempo podía haber transcurrido de forma inusual. Saqué mi teléfono móvil y, temiéndome lo peor, comprobé la hora. Apenas habían pasado unos minutos. Respiré aliviada.

Trabajaba en la zona de Azca, de modo que me apeaba en la estación de Nuevos Ministerios y caminaba hasta la calle Orense. Me gustaba recorrer las calles a primera hora de la mañana, sentirme parte de aquel despertar de la ciudad, apresurado pero al tiempo vacío de la prisa cansada y cabizbaja que se daba al atardecer, cuando las oficinas y los comercios iban echando el cierre. En la mañana el aire aún no estaba viciado, olía a la humedad producida por el riego de los jardines y el sol era una caricia. Los sueños todavía estaban por cumplir. Sin embargo, durante la tarde, al final de la jornada laboral, la mayoría de la gente caminaba con los sueños rotos de la mano y el cansancio pegado a la piel.

Abstraída, pensando que tal vez mi libro fuese el verdadero evangelio de las brujas, me bajé en la estación de Cuatro Caminos en vez de hacerlo en Nuevos Ministerios. En aquella estación, la más profunda del metro de Madrid, solía apearme para recoger a Alán cuando le tocaba cerrar la tienda. Hacía tiempo que ya no la utilizaba, que no había vuelto a recorrer ni tan siquiera las calles aledañas. Por ello pensé que el subconsciente me había jugado una mala pasada. No quise volver atrás. Decidí caminar un poco más porque aún era pronto.

En el corredor que conducía a la calle la gente se arremolinaba junto a un cantautor que, guitarra en mano y apoyado en la pared, con un sombrero marrón de ala ancha en el suelo, junto a sus pies, interpretaba un fandango.

Pensaba pasar de largo, no detenerme, pero terminó el fandango y comenzó a cantar «Inolvidable», del disco *Lágrimas Negras* de El Cigala. Aquella canción me impulsó a detenerme junto al tumulto. Seguí la letra y la música y rememoré aquellas noches de vino y rosas, de sábanas templadas y acordes de flamenco rasgando el aire. Aquellas que pasé junto a Alán.

Cuando terminó la interpretación y la gente se fue yendo, me incliné y dejé una moneda dentro del sombrero. Él me miró. Lo hizo fijamente y con detenimiento, como si intentase decirme algo sin hablar. Fue como si nos conociésemos desde siempre y ambos lo supiésemos pero nos estuviera prohibido manifestarlo libremente. Le sonreí y él me devolvió el gesto. Después bajó la cabeza y colocó la cejilla de la guitarra.

—¡Gracias! —le dije pensando en lo que me había hecho sentir la letra y la música de la canción.

Recogí algunos pétalos de rosa que caían de mi bolso al suelo y, casi sin darme cuenta ni proponérmelo, los deposité en el sombrero. Me di la vuelta y caminé en dirección a las escaleras que conducían a la calle.

—¡Pelirroja! —gritó el músico—. Espera, tengo algo para ti.

Cuando me di la vuelta vi que ya estaba a mi lado. De nuevo me miró de aquella forma tan especial y yo noté la misma sensación de cercanía.

—Es una cuerda rota de mi guitarra —explicó enseñándomela—. Cuando se parten las guardo para las mujeres de agua. Son tan especiales y mágicas como vosotras. Se quiebran cuando ya no pueden soportar más emociones. Déjame que te la ponga en la muñeca. Te protegerá.

Me sorprendieron tanto sus palabras que no supe qué decir. Estiré el brazo y le dejé hacer como si le conociese desde siempre. La gente pasaba a nuestro lado, esquivándonos porque estábamos parados en el centro del pasillo. Cuando la cuerda me rodeó la muñeca, el murmullo de los pasos y las voces de los transeúntes se convirtió en un sonido semejante al de la lluvia, incluso me pareció sentir que las gotas de agua caían sobre mí, que resbalaban por mi pelo y mis mejillas.

—Nunca he llevado una pulsera hecha con una cuerda de guitarra —le dije, absorta en lo que estaba sucediéndome, turbada por aquella sensación maravillosa que solía experimentar al oír el sonido de la lluvia. Y, sobre todo, porque el roce de sus dedos sobre mi muñeca me resultó conocido y especial.

—No la habías llevado antes porque, hasta ahora, no la necesitabas. Aún no te habían roto el corazón, mujer de agua —dijo cerrándola con varios nudos diminutos que, al terminarlos, parecían una filigrana imposible de repetir—. No te la quites; cuando no la necesites, ella sola se irá de tu muñeca.

Hizo un ruido con la boca para indicar que había terminado, guiñó el ojo derecho y, sin más, volvió a su guitarra, a aquel sitio en el suelo del pasillo de la estación de Cuatro Caminos. Y el sonido de la lluvia fue sustituido por los acordes de su guitarra, que ya daban los tonos para la siguiente canción.

—Nos vemos —le dije.

Me despedí de él levantando la mano derecha, enseñándole la pulsera y sonriéndole.

—Nos vemos en el camino, bella pelirroja. ¡Cuídate!

—Y tú —repuse, ya con la absoluta seguridad de que algo nos unía. Quizás fueran las ganas de vivir, o tal vez que él, como yo, veía más allá de lo que sucedía alrededor, me dije recordando sus palabras cuando me puso la pulsera en la muñeca.

Me detuve unos segundos para mirarlo mientras recogía sus cosas. ¿Cuál sería su nuevo destino?, me pregunté. Le di la espalda y caminé en dirección a la salida. Volví a comprobar la hora en el teléfono móvil. Había perdido más tiempo del que parecía. Tenía que apresurarme si quería llegar al trabajo en hora, porque debía caminar un buen trecho hasta llegar a Orense. Subí las escaleras que conducían a la calle al tiempo que escribía un *whatsapp* para Concha en el que le pedía que, si me retrasaba, fichara por mí. Al levantar la cabeza, ya fuera de la estación, me di de bruces con él. Y al hacerlo, al mirarlo a los ojos y cuando él me miró, inconscientemente me llevé la mano a la muñeca buscando la pulsera, la cuerda rota de aquella guitarra que el cantautor acababa de regalarme. Recordé sus palabras: «Te protegerá».

—Deja que yo me encargue de él —me susurró al oído el cantautor, que se había situado detrás de mí y que, al verme parada delante de Alán, presintió que algo no iba bien.

Me volví, me pegué a él, le sonreí y le dije en un siseo:

—Él fue quien me rompió el corazón. —Y miré a Alán.

A continuación, me sonrió y me rodeó la cintura con el brazo. Sentí su calidez, el olor de su colonia, y también noté el sabor agrio que tuvo para Alán la sonrisa y el saludo que el cantautor le dedicó.

CAPÍTULO 15

Nos saludamos sin dejar de mirarnos mutuamente, aunque él, Alán, también observaba al cantautor, que aún seguía con el brazo alrededor de mi cintura. Lo hacía como si siguiera un partido de tenis y la pelota fuese de él a mí, a su guitarra y a mí, a sus vaqueros y a mí...

—Qué sorpresa verte por aquí y a estas horas —me dijo, contemplándolo a él pero dirigiéndose a mí.

—Koldo —se presentó el cantautor al tiempo que le tendía la mano a Alán, que la estrechó.

Mi ex esbozó un gesto retorcido y no se presentó. Como si Koldo no estuviera allí, se giró y me dijo:

—A ver si nos vemos y nos tomamos algo un día de estos. Te llamo. ¿Sigues teniendo el mismo número de teléfono?

—¡Hola! —dijo la novia de Alán al llegar, abrazándose a él como si se lo fuésemos a robar. Fue tal su entusiasmo que lo arrastró hacia ella y lo separó unos centímetros de la posición que tenía frente a nosotros—. Ya he aparcado. Cuando quieras nos vamos.

—¿Nos tomamos algo un día de estos con ellos? —me preguntó Koldo sonriendo, y al momento se respondió a sí mismo—: Creo que no va a poder ser.

Yo me eché a reír por la situación, por el ingenio y el descaro del cantautor, pero sobre todo por la expresión de mi ex, que había pasado de ser un gesto de seguridad a convertirse en una mueca de desconcierto y desagrado.

Tras las palabras de Koldo, a la novia de Alán se le debió de caer la sonrisa dentro del bolso, porque juntó los labios, agachó la cabeza y comenzó a buscarla en el interior.

—Nos vemos —dijo Alán, mirándome con gesto desabrido. Cogió la mano de ella y se encaminaron calle arriba.

Koldo y yo los seguimos con la vista. Alán caminaba decidido y rápido, como si la prisa le hubiera asaltado de repente. Ella le hablaba pegada a su oreja y, de vez en cuando, volvía la cabeza y nos miraba de soslayo sin dejar de murmurar.

—¡Gracias! —le dije a Koldo cuando Alán y su pareja se alejaron—. ¿Cómo supiste lo que me sucedía? —le pregunté sorprendida.

—Bueno, salí casi detrás de ti. Ya me iba y te vi parada ahí, frente a él. No tienes ni idea de lo que se aprende en estos sitios en los que el tumulto se cree protegido e invisible. Ahí donde uno piensa que pasa desapercibido es donde, inconscientemente, deja escapar los sentimientos. Yo soy un cazador de emociones. Además, tienes los zapatos llenos de pétalos de rosa. —Los señaló—. Debes de llevar el bolso repleto de ellos. Estás demasiado triste. Él aún te duele —afirmó—. Si sigues así tendrás que cambiarlo por uno más grande, en ese no te cabrán.

—¿Cómo puedes saber todo eso?

—Ya te lo he dicho, soy un cazador de emociones. Tus pétalos son lágrimas, ¿verdad? —preguntó, cogiendo uno de ellos y deslizándolo entre sus dedos—. He visto lágrimas con forma de mariposas, de plumas diminutas de colores vivos e incluso bolitas de cristal. Hace años conocí a una mujer que hacía rosarios con las lágrimas que recogía. Si aún viviera te daría la dirección de su tienda para que le llevases las tuyas. Es una pena que se marchiten. Con tus lágrimas habría hecho unas cuentas preciosas para sus rosarios.

—Debo reconocer que tienes un ingenio maravilloso —le dije sonriendo.

—No es ingenio. ¿Acaso crees que eres la única que puede ver más allá de esta realidad? ¿De verdad crees que eres la única persona especial y diferente que camina por estas calles? —Señaló con el dedo a los viandantes que abarrotaban las aceras—. ¿La única que cree en la magia?

No supe qué decirle. Extendió la mano y sopló el pétalo de rosa que había recogido unos segundos antes. Este se desplazó en el aire y desapareció como si hubiese pasado a otra dimensión.

—Me gustaría volver a verte. ¿Estarás mañana aquí? —le dije sin responder a sus preguntas, porque mi silencio ya lo había hecho.

—Ha sido un placer ayudarte —contestó, y se alejó sin mirar atrás.

***

Durante toda la jornada laboral no dejé de dar vueltas a las palabras del hombre del metro. Según él, mi libro era el verdadero evangelio de las brujas y estaba confeccionado enteramente con el mismo material. Las páginas y la cubierta parecían papel, pero no lo eran. Aquello, junto al sonido que había producido el libro al caer al suelo, aquel ruido metálico, y la forma en que los trocitos que Ecles había arrancado se unieron al material de las tapas, me llevó a concluir que el hombre del vagón tenía razón: el libro, posiblemente, estaba confeccionado con un metal similar al mercurio. Recordé el bolígrafo que me había ofrecido el hombre que se había hecho pasar por Elda. La tinta encarnada de la carga. Su insistencia en que escribiese sobre las páginas en blanco. Y pensé que, tal vez, la tinta de aquel bolígrafo con la carcasa de cristal transparente era del mismo material que mi libro. Si estaba en lo cierto y las páginas del volumen ya estaban escritas, quizás aquella tinta solo sirviese para destruirlo. Porque, si la tinta era de la misma composición, reescribiría sobre el supuesto texto invisible o se uniría a él como lo habían hecho los pedazos que Ecles arrancó de la cubierta. Haría que el texto, de existir, se hiciese ilegible, pensé. Aquella posibilidad me inquietó. Tanto si mi libro era el mismo al que se había referido aquel extraño hombre del metro como si no lo era, debía tener cuidado. Después de lo sucedido era evidente que en esas páginas se escondía un secreto, un misterio que no pertenecía a la realidad en la que había vivido hasta aquel momento. Y no solo eso; desde que su título se hizo visible, desde que *Senatón* lo arañó, parecía haber desencadenado una serie de acontecimientos extraños que, aunque no me eran ajenos del todo, me intranquilizaban.

Aquella tarde, al regresar del trabajo me apeé una estación antes. Quería caminar. Necesitaba perderme entre el bullicio de los viandantes, descargar adrenalina, reflexionar sobre lo que me había sucedido.

Al llegar al portal me sonó el teléfono. Era un mensaje de Alán. Me paré y lo leí:

> Estabas preciosa con el pelo recogido. Veo que te va bien. Y, aunque no lo creas, me alegro. Me gustaría verte. Dime si puedo llamarte.

Lo leí varias veces y a punto estuve de responderle. Me moría de ganas de verlo a solas, de sentirlo de nuevo cerca de mí, pero me contuve. Cerré el WhatsApp e instintivamente busqué la pulsera de Koldo en la muñeca. Al hacerlo, noté algo diferente en ella. Me subí un poco la manga de la camisa y la miré. En la cuerda había una bolita de cristal transparente y brillante, como una lágrima. Una lágrima perdida, pensé. Pasé la yema de los dedos por su superficie y la giré varias veces. Debía volver a verlo, tenía que verlo de nuevo, me dije mientras giraba la bolita entre mis dedos. Regresaría a la estación de Cuatro Caminos y le buscaría. Buscaría sus acordes, su voz y la magia de la que me había hablado. Aquello, el tener a mi lado a alguien que parecía ser como yo, me hacía sentir bien, me daba seguridad.

—Es un cazador de emociones —me dijo Claudia, la madre del casero, que parecía estar esperándome en el rellano.

Cerré la puerta metálica del ascensor y me acerqué a ella. Ya no me planteaba si estaba allí o si su figura solo era un producto de mi imaginación. Sabía que existía, igual que yo. Era tan real como cualquiera de nosotros.

—¿Quién? —le pregunté.

—¡Quién va a ser, hija mía! Pues Koldo.

—¿Con quién hablas? —me preguntó Ecles desde su puerta.

Me di la vuelta, lo miré y le respondí:

—Sola, Ecles, hablo sola. No encuentro las llaves de casa. Ando que no sé ni dónde estoy, más perdida que un payaso en una tragedia de Shakespeare.

—Sí, ya veo que vas un poco despistada. Estás en la puerta de Claudia —dijo señalándola—. Si quieres le digo a Desmond que salte ahora y te abra desde dentro. Aunque, si tienes la terraza cerrada, no sé si va a poder.

—No, no, ya he dado con ellas —le respondí, sacando las llaves del bolso.

—Desmond me ha comentado que te invitó a la fiesta que doy la noche del equinoccio. Si es así, si vas a venir, me gustaría pedirte un favor.

—Aún no lo sé con seguridad, pero dime, ¿qué necesitas? —le pregunté mientras introducía la tija en la cerradura, ya de espaldas a él.

—Que invites a la hija de la florista a mi fiesta.

—¿Te refieres a la pequeña japonesa?

—Sí, a Amaya —contestó.

—Y ¿por qué no la invitas tú, que eres el anfitrión? Supongo que te conocerá más que a mí, una recién llegada al barrio. No me imagino llegar a la tienda e invitarla a una fiesta así, sin más. No nos conocemos de nada. Pero, ahora que lo pienso, ¿por qué no se lo has pedido a Elda o a Desmond? Ellos la conocerán mejor que yo.

—Se lo pedí a Desmond, pero se negó. Me dijo que si tanto me gustaba, debería ser yo quien la invitase para no dar lugar a que ella se equivocase. Ya sabes, que pensase que era él quien estaba interesado en que fuese a la fiesta. Y a Elda no he querido pedírselo. Me regaña cuando le digo que estoy enamorado de Amaya y que soy incapaz de pasarme por la acera de la tienda. Ella piensa que todo lo que tengo de grande lo tengo de cobarde. Sé que está en lo cierto, pero me molesta mucho que me lo diga.

—Anda, pasa y lo hablamos —le dije, enternecida por sus palabras, que parecían las de un adolescente.

—No, gracias. Estarás cansada. Ya lo hablamos otro día —me dijo en un tono de voz apagado.

—¡No seas tonto! —exclamé, poniendo una mano en su espalda—. Nos tomamos un refresco, que hace un calor de justicia, y vemos cómo lo organizamos.

Tuvo que agacharse para entrar en la casa. La puerta, como casi todo, le quedaba pequeña.

—Eres muy amable, Diana —me dijo con una clara expresión de agradecimiento.

—No más de lo que lo has sido tú conmigo desde que llegué a vivir aquí —repliqué sonriéndole—. Voy a ponerme más cómoda y a buscar mis chanclas. Estoy matada. Me dio por caminar y tengo los pies destrozados. No tardo ni un minuto —le expliqué ya con uno de los zapatos en la mano—. Pero no te quedes ahí —le dije al ver que no se movía de la entrada—, pareces una estatua de sal. Siéntate. —Señalé el sofá del salón.

Mientras me cambiaba no pude evitar imaginarme a la pequeña florista junto a él. Era tan delgada y diminuta, y Ecles tan grande, pensé sonriendo, enternecida porque, a juzgar por la actitud de mi vecino, era evidente que la joven le gustaba.

—¿Sabes? Ayer recogí dos palés de madera de la obra. Los estoy lijando y los barnizaré. Quiero ponerlos en la pared de la terraza y dentro, entre las láminas, colocaré plantas colgantes de flor. Algunas verbenas y geranios de hiedra, creo que los llaman gitanillas. Si quieres te regalo uno de los palés para que también tú puedas poner plantas —dijo mientras posaba la vista en la terraza.

Lo miré fijamente y le sonreí. Él me devolvió la sonrisa y agachó la cabeza. Estiró la mano para tocar a *Senatón*, que estaba cerca de mis pies, pero este le bufó y salió corriendo.

—Te gusta, ¿verdad? —le pregunté.

—Es un gato precioso, ¡por supuesto que me gusta! —exclamó—. Se parece a nosotros, a los que vivimos en este edificio. Pero él se siente diferente. Si no fuese así no huiría de mí. Le doy miedo, como al resto de las personas, a las que no son como nosotros. Cuando Elda me dijo que no estabas segura de adoptarlo, estuve a punto de quedarme con él, pero sabía que lo asustaría. Soy demasiado grande y feo para él.

—No me refería a *Senatón*, sino a la japonesa —le aclaré, sonriendo entristecida por lo que acababa de decirme y por el tono dolorido de sus palabras.

—Sí, me gusta muchísimo. Desde el primer día que la vi sentí algo muy especial, pero a ella le sucederá lo mismo que a *Senatón*. Huirá de mí. Por ese motivo nunca me he atrevido a entrar en la tienda. He preferido quererla desde la distancia.

—Pues eso hay que solucionarlo —le dije—, y lo de *Senatón* también. A ver qué se ha creído este gato alopécico —añadí sonriendo, intentando aliviar aquella tristeza que empañaba sus gestos y su voz.

—Pues por eso quiero que la invites a la fiesta. Allí, en la noche y rodeados de más gente, me será más fácil dirigirme a ella. Quizás no perciba mi fealdad con nitidez.

—No eres feo, Ecles; eres diferente —le respondí—. Y si la japonesa te rechaza o desprecia, será porque no te merece o porque no estáis hechos el uno para el otro.

—Tú lo ves así porque también eres distinta a los demás. Lo supe nada más verte, el primer día que llegaste aquí. Cuando estabas con el casero y él te susurró sobre lo extraños que somos sus inquilinos, tú no cambiaste el gesto, y eso que ya me habías visto. Por eso te dejé la rosa. No fue solo un regalo de bienvenida, también fue una muestra de agradecimiento.

—Te garantizo que te vi tal y como eres, solo que a mí me gusta la gente diferente. Odio los estereotipos físicos de esta sociedad de doble moral.

»Hablaré con ella, aunque no sé cómo ni cuándo lo haré. Entenderás que lo normal es que establezca una relación previa antes de invitarla a tu fiesta.

—Sí, sí, claro —dijo visiblemente nervioso al tiempo que emocionado. Agachó la cabeza rehuyendo mi mirada y continuó hablando—: Ya pensaré algo, aunque se me ocurre que podrías comprar tú las plantas para los palés. Así tendrás una excusa para entrar en la tienda y conoceros.

—¿Se te ocurre o ya lo tenías pensado? —le pregunté, guiñándole el ojo derecho. Extendí la mano y la apoyé en la suya en un gesto de complicidad.

—La verdad es que sí, lo había pensado, pero no está mal que lo haya hecho, ¿verdad? ¿Te ha molestado?

—Por supuesto que no —contesté, palmeando ligeramente sobre su mano—. Antes de que se me olvide, quiero devolverte tu joyero de plata —dije. Me levanté y me dirigí hacia la librería—. Aún no te he dado las gracias por el trabajo que hiciste con mi libro. Toma —me excusé y le tendí el joyero—, ya he devuelto el material al libro, y... ¿sabes qué?, ha restaurado la portada al caer sobre ella. Es extraordinario. Me gustaría que me echases una mano. Intento averiguar qué es ese material tan extraño que se comporta de forma muy parecida al mercurio. Tal vez tú podrías ayudarme.

—El joyero es tuyo, te lo regalo —respondió sin tocarlo y sin comentar nada más.

—Gracias. ¡Es precioso! —exclamé, devolviendo la cajita a la estantería junto a mi libro—. Ecles, ¿podrías explicarme por qué guardaste los restos del material que raspaste de la cubierta? Cualquiera los habría tirado, yo misma lo habría hecho. Lo mismo es que no quieres hablar de ello, ¿me equivoco? —inquirí al notar su incomodidad ante mis palabras.

—No te enfades, Diana, pero no me gustan esos temas. Siempre los evito —me explicó algo nervioso.

—¿A qué temas te refieres? No entiendo lo que quieres decirme.

—A los sucesos extraños. Me dan miedo. Tengo una apariencia ruda, pero soy miedoso y cobarde. Lo mío es pura fachada, Diana.

—Si te ha importunado mi pregunta, lo siento, no era mi intención incomodarte —me disculpé.

—No eres tú. Es mi vida anterior. Estoy marcado por ella. Siendo adolescente, morí en un accidente de tráfico junto a mis padres. Ellos no regresaron, pero yo sí. Lo hice a las doce horas de que se hubiera certificado mi fallecimiento y cuando ya todos preparaban mi sepelio. Pasé por múltiples operaciones durante años —me explicó y, al hacerlo, de forma inconsciente se pasó una mano por las cicatrices de la frente—. Desde entonces tengo una capacidad especial para reconocer objetos extraños, tanto los que conservan el alma de los que se han ido como los que no pertenecen a este mundo. —Hizo una pausa—. Ese libro —añadió señalándolo— no es de aquí. No pertenece a este mundo.

—¡Lo siento muchísimo! —exclamé sobrecogida por lo que acababa de relatarme—. No puedo ni imaginar lo duro que tuvo que ser para ti.

—Perdí la memoria y, de hecho, no la he recuperado. No recuerdo cómo eran mis padres ni nada de mi vida antes del accidente. Es como si todo se hubiera quedado allí, en el otro lado. Me miro al espejo y no me reconozco. Siento que este cuerpo nunca fue el mío. No me gusta hablar de ello. Ni de lo sucedido ni de lo que se vino conmigo. Me da miedo la percepción que tengo. Si te lo estoy contando es porque te aprecio y para que entiendas mi postura en el tema de tu libro. No pertenece a este mundo, Diana. No lo olvides y ve con cuidado en tus investigaciones.

No supe qué decirle. Permaneció mirándome en silencio unos segundos y yo a él. Finalmente se levantó, me sonrió y dijo:

—No te entretengo más, ya te he robado demasiado tiempo. Gracias por ayudarme con la invitación para Amaya. Cuando decidas ir a la floristería me lo dices y te doy dinero para que compres las plantas.

Lo abracé y él a mí, solo que su abrazo no fue igual que el mío, porque yo me perdí entre sus brazos y mi gesto se quedó en una simple tentativa de rodear su inmenso cuerpo.

Le vi tan afectado que me arrepentí de haberle propuesto que me ayudase con la investigación. Me disculpé de nuevo y él insistió en que no sucedía nada, que no me preocupase. Se marchó como había llegado, sigiloso. Era enorme, pero tenía la extraña capacidad de no hacer ruido cuando caminaba o se movía, como si en realidad aquella apariencia física fuese una alucinación y su cuerpo real fuera diminuto y ligero. O como si después de aquel desgraciado accidente no solo hubiera regresado a la vida con la extraña capacidad de captar el alma de los objetos o su procedencia, sino que tal vez también se hubiera traído consigo el silencio que acompaña a los fantasmas, pensé cuando lo vi marchar. Recordé con tristeza la forma en que, al mencionar el accidente que había sufrido, se había rozado con los dedos las cicatrices de su frente cuadrada.

Capítulo 16

Desde aquella noche, tras la conversación con Ecles, sentí más que nunca que formaba parte del edificio y de la peculiaridad de sus habitantes. Todos a los que conocía hasta el momento eran especiales. Elda podía captar sonidos aunque estuviera separada de la fuente que los producía por varios tabiques o grandes distancias; Ecles reconocía el alma de los objetos, y Desmond tenía la capacidad de entrar en la mente, pensé sonriendo. Recordé que más de una vez lo había percibido ahí, en ese lugar al que pocos pueden acceder: donde nacen los pensamientos. Y me sentí como nunca antes me había sentido, arropada, cobijada por sus peculiaridades, que también eran las mías, porque yo a veces también escuchaba, sentía y veía más allá de lo establecido como real.

Aquel comienzo del mes de agosto se hizo largo y cálido, como si quisiera hacer honor al título de esa película que tantísimo me gustaba y que, cuando la visioné por primera vez, Paul Newman me pareció el hombre más guapo y atractivo del mundo. Cuando creía que el amor era fácil, rosa y eterno. Me equivocaba; la mayoría de las veces el amor era complicado, azul y efímero.

Durante aquellas semanas de agosto, algunas noches, después de la jornada laboral, Elda y yo nos reuníamos en mi ático a tomar unas copas tras la cena. Nos veíamos entrado el anochecer, cuando la temperatura se hacía más llevadera y el viento empujaba las puertas y las hojas de las ventanas abiertas, acercándonos el sonido de las voces de los vecinos del bloque de enfrente que, sentados en sus balcones, buscaban, como nosotras, la brisa fresca de la noche. Cuando Desmond y Ecles libraban, compartíamos con ellos la velada. Los primeros días ellos se quedaban en su terraza y nosotras en la mía. Charlábamos separados por la división de ladrillo que dividía las terrazas, con la música que yo descargaba en mi teléfono móvil sonando de fondo. Después, cuando nuestros encuentros fueron haciéndose más frecuentes, mi terraza pasó a ser el lugar de reunión habitual. Y allí, la mirada de Desmond, sus gestos, sus palabras y sus muchos silencios premeditados, compartidos solo por nosotros dos, se hicieron casi imprescindibles para mí. Me gustaban sus historias, oírle hablar, sentir su mirada, incluso la forma en que sus labios rozaban el borde de la copa de vino tinto.

Durante esos días dejé de lado el libro y todo lo que había sucedido. Decidí alejarme por un tiempo de mis investigaciones, desconectar, permitir que los acontecimientos sucediesen por inercia, como lo hacía la vida. En realidad no sabía por dónde debía seguir ni a qué me enfrentaba. Tenía el presentimiento de que todo sucedería con o sin mí, me opusiera o me dejase llevar, y eso fue lo que hice: dejarme llevar.

Alán continuó mandándome mensajes al móvil y yo seguí sin responderle, muriendo un poco por dentro cuando los leía y reviviendo fuera de sus recuerdos.

Intenté contactar con Antonio para tantear la posibilidad de que me alquilase el local que estaba en los bajos del edificio, pero no lo conseguí. Ana, la agente inmobiliaria, tampoco logró ponerse en contacto con él. Elda insistía en que no me lo alquilaría, que debía buscar otro, pero yo no le hacía caso. Sentía una atracción inaudita por aquel local de fachada deslucida y escaparate con forma de ventanal, con los cristales cubiertos por una densa capa de polvo que impedía ver el interior. Más de una mañana, cuando me iba a trabajar, me paraba unos segundos frente a la puerta de acceso, grande y de madera maciza. Su superficie mostraba pequeñas aristas huecas, como si fuesen piel seca a punto de desprenderse. Seguramente estaría atascada, pensaba cuando reparaba en el umbral lleno de hojas secas y algún que otro pedazo de papel y restos de plástico que cubrían un exiguo escalón. Miraba hacia arriba e intentaba leer el cartel en el que, tiempo atrás, había figurado el nombre del local: EL DESVÁN DE ARADIA, según me había informado Elda. Y aunque las letras se habían borrado, yo imaginaba las grafías bajo la suciedad que se había incrustado en su superficie.

Durante aquellas semanas no volví a ver a Claudia. Fue como si ella, presintiendo que iba a interesarme por su tienda, hubiera desaparecido. Todo aparentaba haberse detenido. Pensé que tal vez el libro, al volver a su estado natural, había cerrado aquella especie de puerta estelar por la que entraban personajes y situaciones tan extrañas como el material del que estaba confeccionado.

Koldo también desapareció. Lo hizo como si la tierra se lo hubiera tragado, o sencillamente, como me comentó Elda, porque había cambiado de estación de metro para ejercer su arte.

Senatón tomó posesión de mi gaveta, no había forma ni manera de que usase otro lugar para dormir. Daba igual dónde la colocase: él la encontraba y la ocupaba. Era tal su terquedad que Desmond, una de esas noches en las que nos reuníamos los cuatro, al ver que yo intentaba cambiarlo de sitio una y otra vez, sugirió que escriturara el cajón a nombre de *Senatón*. Se lo había ganado a pulso, dijo muerto de risa ante la tozudez del felino.

Volví a instalarme en aquel bienestar que produce la cotidianeidad. Me sentía segura dentro de aquella calma, de aquel «no pasa nada y, si pasa, se le saluda» que solía repetir Elda cuando alguno de nosotros estaba preocupado. Me gustaba la parquedad sabia de Ecles, aquella vulnerabilidad agazapada detrás de su apariencia física, pero sobre todo me seducía el flirteo de Desmond, su saberme. Volví a sentirme parte de aquel todo, de aquella realidad ficticia pero agradable que me permitía sentirme una más dentro del tumulto de la ciudad, protegida por la invisibilidad que otorga la muchedumbre. Por eso mismo, por miedo a que los acontecimientos pasados se repitieran, demoré la encomienda que me había hecho Ecles y, con ello, mi visita a la floristería. Recordaba con precisión la imagen de aquel hombre saludándome con su sombrero y cómo después traspuso la puerta de entrada de la tienda y se esfumó. Aquello, la forma en que había desaparecido, era insólita, y mi sexto sentido me decía que el lugar donde lo hizo, la floristería, tenía algo que ver con él y lo sucedido.

***

El primer día que entré en la floristería, después de recorrer la tienda, le comenté a la japonesa que me había mudado hacía poco y que estaba pensando en decorar la terraza de mi ático con algunas plantas que aguantaran todo el año, pero que no tenía ni idea de las especies más apropiadas y resistentes.

—Te recomiendo que te lleves plantas vivaces. En este momento nos quedan pocas, pero puedo conseguirte alguna variedad que no esté aquí. El vivero que nos suministra suele tener más ejemplares en sus instalaciones. —Hizo un gesto y señaló varios estantes donde había algunas margaritas—. La gente no compra tanto como en primavera porque la floración de casi todas termina precisamente en agosto, por eso ahora apenas las traemos. Solemos tener más plantas de interior que de exterior y, por supuesto, flor cortada durante todo el año —concluyó sonriendo.

—Me gustaría que sobrevivieran al invierno —le expliqué—, me da muchísima rabia que se sequen cuando cambia la estación.

—Bueno, no tendrás flores durante el invierno porque, al llegar el frío, se secan los tallos y las hojas, pero las raíces siguen vivas y brotan de nuevo en primavera. Lo más recomendable es que las podes antes de que llegue el frío, así las preservarás de las heladas y las mantendrás vivas, que es lo que tú quieres. Las vivaces tienen una vida muy larga. Hay una gran variedad de ellas con flores y pueden crecer en todos los terrenos y climas.

—Da gusto encontrarse con personas que conocen el trabajo que desempeñan —le dije.

—¡Gracias! Estos conocimientos son básicos, pertenecen a la botánica pura. Yo estudio botánica aplicada y, cuando termine la carrera, me dedicaré a todo lo relacionado con la farmacéutica, aunque mis padres se escandalizan cuando les digo que no continuaré con el negocio familiar. Pero ya sabes, siempre existe ese escalón generacional que hace que las decisiones de los hijos sean incomprensibles para los padres.

—Lo cierto es que es una pena, porque se te da estupendamente la venta. Entiendo a tus padres, es lógico, pero todos debemos vivir nuestra vida, la que elijamos, no la que nos elijan.

—Me llamo Amaya —dijo tendiéndome su mano, que estreché.

—Diana —respondí sonriendo.

—«Llena de luz divina». Es bonito, muy bonito —dijo mirándome fijamente, como si buscase algo en mis ojos.

—¿A qué te refieres? —le pregunté.

—Al significado de tu nombre. Diana significa «llena de luz divina». El mío en Japón quiere decir «lluvia nocturna» y, en vuestra cultura, «la hija muy querida».

—No tenía ni idea —repuse—. Jamás me había parado a pensarlo.

Era diez años más joven que Ecles, que ya había cumplido los treinta y dos. Desmond, Elda y yo decíamos tener «taitantos» porque estábamos aún ahí, a pocos años del cuatro. Ella, sin embargo, conservaba aquel dos maravilloso pegado en su frente lisa, asomando en sus ojos carentes de miedo, y gozaba de un pasado aún escueto que a nosotros comenzaba a estorbarnos y a ocupar demasiado sitio en nuestras mochilas. Sus palabras llevaban implícita la naturalidad y la falta de miedo al futuro que, con el paso de los años, vamos perdiendo. Era fresca y bonita, tal y como Ecles debía de verla. Y aquello probablemente la alejaría de él, pensé entristecida.

—Si vas a comprar muchas, puedo mandar que te las suban a casa y mi padre haría para ti un diseño de la terraza —me propuso.

—No, no, prefiero hacerlo yo. Me gusta la jardinería. Iré lleván-domelas poco a poco.

—¿Vas a llevarte alguna hoy? —me preguntó. Yo asentí con la cabeza—. Pues te doy un cestillo y vamos eligiéndolas. Te asesoraré.

—¡Gracias! —exclamé, cogiendo el cestillo de mimbre que me ofreció.

—¿Vives lejos?

—Qué va, ahí enfrente. —Señalé el bloque—. Y tengo ascen-sor. Por eso te decía que no necesito que me las acerquéis —pun-tualicé sonriendo.

—¡Eres vecina de Desmond, Frankenstein y Elda, la mujer emparedada! —exclamó con un gesto de sorpresa—. No vayas a interpretar mal mis palabras, mis apodos no son peyorativos, todo lo contrario —dijo al ver mi expresión de desconcierto que a ella debió de parecerle reprobatoria—. A Desmond le encanta que lo asocie con Drácula. Supongo que si eres su vecina, habrás catado ya su ironía, su elocuencia. —Hizo una pausa y me miró esperando una respuesta.

—Bueno, aún no le conozco lo suficiente —mentí con preme-ditación y alevosía.

Desmond jamás la había mencionado, ni siquiera cuando Ecles, su amigo y compañero de piso, alguna de las noches en que nos reu-níamos, apoyado en la valla de la terraza y mirando hacia la tienda, nos manifestaba la atracción irrefrenable que sentía por la japonesa. Además, Ecles me había dicho que Desmond se había negado a pedirle a la florista que acudiese a la fiesta por miedo a que ella lo interpretase mal. No había sido honesto ni sincero, pensé. Este comportamiento me dolió. Ecles tenía derecho a saber que Amaya se sentía atraída por Desmond y era este quien debería habérselo dicho.

—¡Desmond es tan excepcional! —exclamó suspirando—. No sé si has visto *La tía de Frankenstein* —apuntó. Asentí con un movimiento afirmativo de la cabeza—. Yo la vi con un compañero de facultad que la bajó de internet. No tiene una resolución muy buena, pero la historia es tan bonita que merece la pena. Desde que la vi, no puedo evitar relacionarlos con los personajes entrañables de la serie. Fíjate que aún no he cruzado ni una palabra con la pintora, la mujer emparedada, ni con Ecles, pero me parecen tan similares a los personajes de la serie que hasta les he cogido cariño.

—Cuando hablas de la mujer emparedada, ¿te refieres a Elda?

—Sí, sí, a Elda, la Dama Blanca en la serie, el fantasma de la mujer emparedada que vive un idilio con Igor. Elda estuvo encerrada en un sótano durante años, no sé si lo sabes. Pobre..., debió de ser horrible. Incluso tiene la espalda desviada a consecuencia de su cautiverio. ¡Qué horror! No puedo ni imaginar lo que tuvo que ser eso. Cuando vivía Claudia, la dueña del edificio, en el barrio se comentaba que era como la tía de todos. Los protegía y ayudaba, igual que en la serie. Es curioso, ¿verdad?

—Sí que lo es. ¿Y dices que solo has hablado con Desmond?

—Sí, solo con él. Nos conocimos el día que recogió un espejo enorme con marco de madera labrada que habían dejado junto a los cubos de basura. La gente tira de todo. Puedo asegurarte que el espejo era una antigüedad y creo que tenía bastante valor. Desmond es muy elocuente. ¿Sabes lo que me dijo cuando vi que se lo llevaba? Dijo: «Paliducha, no me mires así, que no es para mí. Los vampiros no nos reflejamos en los espejos, no nos sirven de nada. Es para mi amigo, que necesita un espejo grande como él. A ver si consigo que se dé cuenta de que no es tan feo como cree». Es evidente que era para el grandullón de Ecles.

—Pues sí, por lo que dices debía de ser para él —le respondí sonriendo.

—¡Y qué atractivo es! —Lo dijo cerrando los ojos de forma inconsciente unos segundos—. Suele pasarse por la tienda antes de ir a trabajar en su DeLorean. Así es como llama a su camión, aunque de un tiempo a esta parte casi no le veo. Me ha prestado algunos libros antiquísimos que hablan de ritos y hechizos en los que se emplean plantas y pétalos de flores.

—Qué curioso. Un barrendero interesado por las pócimas y los ungüentos —le dije, mostrándome irónica adrede.

—No, no, a la que le interesan es a mí. Pero no pienses que es un barrendero cualquiera, te equivocarías mucho —me respondió en un tono cargado de intención—. Los libros son de Claudia, la dueña del edificio. Tengo que devolvérselos a Desmond, porque los cogió para mí de su casa. Si no lo he hecho antes es porque, como te he dicho, lleva bastante sin pasar por aquí. —Hizo una pausa—. Cuando recuerdo a Claudia no puedo evitar rememorar los colores que había en el interior de la tienda. Estaba repleta de prismas y cristales de Murano. Mis padres tienen varios rosarios confeccionados por ella. Claudia decía que los elaboraba con lágrimas perdidas. Era igual de elocuente que Desmond.

—Bueno, si dices que estaban tan unidos, tal vez Desmond lo aprendió de ella y no es tan elocuente como parece.

—Creo que no te cae muy bien Desmond y no lo entiendo, porque me habías dicho que no le conocías lo suficiente —dijo en un tono cargado de ironía.

—¡Qué va! No me he expresado bien. Siento haberte molestado, veo que sois muy amigos.

—Sí que lo somos —me respondió tajante—. Y Claudia era para él como una madre. Si has pensado que coger esos libros prestados de su casa habría molestado a Claudia, te equivocas.

—¿Conociste la tienda cuando estaba abierta? —le pregunté, intentando aliviar la tensión que se había creado.

—Sí, tuve esa suerte. Era un lugar especial, diferente a todo lo que puedas haber visto. No podías ir a su tienda y elegir lo que querías comprar porque ella era la que decidía si te lo vendía o no. Es un buen marketing. Hacía que los clientes se sintiesen únicos y que lo que se llevaban les pareciera exclusivo. En mi opinión, era una idea extraordinaria.

—Sí que lo es. Las personas, no todas, pero sí la gran mayoría, siempre quieren ser diferentes al resto de sus congéneres. Lo más triste es que todos lo somos, somos únicos e irrepetibles, pero incapaces de darnos cuenta de ello. Necesitamos que alguien nos lo diga y nos lo demuestre para creerlo. Y lo más triste de todo..., creemos que los bienes materiales nos pueden dar esa singularidad —expuse—. Me habría gustado mucho conocerla. Debía de ser una mujer muy especial.

—Lo fue. Tú te habrías llevado bien con ella, seguro. Eres igual de directa e indiscreta —dijo cuando ya estábamos en el mostrador con las plantas que yo había ido eligiendo mientras charlábamos—. ¿Quieres llevarte algo más?

—No, por el momento con estas será suficiente.

—Convendría que las dejases unos días en las macetas antes de trasplantarlas para que se hagan a su nuevo hábitat.

—Te haré caso.

—Te dejo el cestillo para que las lleves más cómoda, es una de las ventajas que tiene ser vecinas, además te hago un diez por ciento de descuento.

—Gracias, Amaya. El cestillo puedes quedártelo, las llevaré en una de las bolsas —dije señalándolas.

—De eso nada, te las llevas aquí —replicó. Agarró el asa del cestillo y me lo ofreció—. Así no se romperá ni una sola hoja y de paso me haces un favor. Se lo das mañana a Desmond para que me lo devuelva cuando se marche a trabajar. Así podré darle los libros y verlo de nuevo —concluyó haciendo un gesto cómplice con los ojos, una especie de guiño.

—No sé si le veré, no solemos coincidir debido a nuestros horarios, pero lo intentaré —le dije mientras le pagaba.

Me marché con cierta amargura al enterarme de que Desmond había mentido a Ecles. Aquello no me gustó. Tampoco que Amaya se sintiera atraída por él, y mucho menos que ambos pudieran estar interesados el uno por el otro.

Cuando salí de la tienda miré hacia la terraza de Ecles y Desmond. Ecles estaba apoyado en la barandilla, levantó una mano y yo le devolví el gesto. Al salir del ascensor, lo encontré esperándome en el rellano con un paquete.

Capítulo 17

—Es un regalo de Elda, de Desmond y mío para ti —dijo, y me entregó el paquete envuelto en papel rojo. Luego se agachó y recogió la cesta con las flores que yo traía y que había dejado en el suelo.

—Entra —le dije, ya con la puerta de casa abierta—. ¿Qué es?

—Hemos pensado que tu gato alopécico, como tú lo llamas —apuntó sonriendo—, no puede acabar destrozando algo tan valioso para ti, así que hemos buscado una solución. Venga, ¿a qué esperas? ¡Ábrelo!

No pude reprimir un gesto de sorpresa al ver una reproducción exacta, idéntica, de mi cajón de madera. Aún olía a betún de Judea.

—¡Por Dios, Ecles! Es incluso más bonito que el original.

—No sé, para nosotros lo es, pero quizás a *Senatón* no le guste. Lo más probable es que no se meta dentro hasta que pasen unos días y el olor del aceite y el betún se vaya disipando —explicó al tiempo que señalaba a *Senatón*, que permanecía alejado de él, en el pasillo que daba a mi dormitorio.

—Estoy segura de que se habituará. ¡Me encanta! —exclamé, y con un gesto le indiqué que se agachara. Cuando estuvo a mi altura, le di un beso en la frente y él se ruborizó—. ¡Gracias, muchísimas gracias!

—Es un regalo, no tienes que agradecerlo. Déjalo en la terraza para que se seque más rápido, pero donde no le dé el sol. Cuando esté seco podrás reemplazarlo por el tuyo y recuperarás tu gaveta. Sabemos lo importante que es para ti, y no es para menos, fue tu cunita —dijo sonriéndome como el niño grande que era—. Es hermoso tener recuerdos, yo daría cualquier cosa por recordar.

Se agachó y, con el cajón en las manos, se acercó poco a poco hasta donde estaba *Senatón*. Al oler el cajón y verlo cerca de su carita, el gatito bufó y emprendió una carrera desenfrenada hasta el dormitorio.

—¿Lo ves? Sigo asustándole —dijo Ecles, afligido.

—No digas tonterías, ha sido el olor de la madera lo que le ha hecho salir corriendo. Dime, ¿cómo has logrado copiar los símbolos con tanta exactitud sin tener la gaveta? —le pregunté mientras observaba los laterales.

—Desmond me pasó una foto que encontró en un libro antiguo. Dijo que estaba buscando en una de las estanterías de Claudia y el libro cayó a sus pies, abierto por la página donde estaba la foto. Al verlo, se le ocurrió que podíamos hacerte una igual. ¡La imagen es exacta a tu gaveta!

—Desmond podría haberme enseñado el libro. Ya sabéis cuánto me interesa encontrar algún rastro del origen de mi gaveta y de mi libro —le recriminé, mirándolo a los ojos.

—Tienes razón, pero ¡por favor!, no te enfades —suplicó—. Si te lo hubiéramos dicho, la sorpresa no habría sido igual; eres muy lista y te habrías dado cuenta de que algo tramábamos. Y en cuanto a Desmond, sus motivos tendrá para no habértelo dicho. Él siempre tiene razones para todo lo que hace, te lo aseguro porque le conozco bien —declaró en tono firme y convencido.

—Sí, sí, por supuesto —le respondí irónica al tiempo que recordaba la amistad de Desmond con Amaya y el secretismo que la rodeaba.

Ecles cogió mi gaveta, la giró y dijo:

—Mira, fíjate bien, si no fuese porque a tu gaveta le falta una incrustación... aquí —señaló una pequeña hendidura que había en la madera, en uno de los laterales—, podría decirse que es la misma que la del libro de donde la sacó Desmond. Aunque es probable que lo sea y que la piedra que aparece en la foto se desprendiese o te la robasen en el orfanato.

—No me había fijado, es curioso que no me haya dado cuenta —comenté, pasando los dedos por la superficie—. Puede que tengas razón. —Le sonreí porque en ese momento recordé un detalle que tomó una importancia extrema para mí.

—¿Ya se te ha pasado el enfado? —me preguntó en tono más relajado.

—No estaba enfadada, solo me ha molestado que Desmond no me dijese nada de lo que había encontrado. Pero ya hablaré con él. Espero que me deje ver el libro.

—Seguro que sí. Él siente algo importante por ti —dijo sonriendo.

—Ecles, ¿no has notado nada al coger mi gaveta? —inquirí—. Podrías hacer una excepción y decirme qué viste o sentiste. Sin duda sabes algo sobre ella. Tu información podría serme más útil que la documentación de cualquier libro —concluí en tono de súplica.

—¿No vas a contarme cómo te ha ido con Amaya? ¿Le hablaste de la fiesta? ¿Qué te dijo? —Me hizo una pregunta tras otra, nervioso, desviando el tema de conversación y haciendo oídos sordos a mis ruegos, como la vez anterior, cuando le pregunté sobre mi libro.

—No, no, ha sido un primer encuentro. No puedo invitarla a una fiesta cuando acabo de conocerla, pero hemos intimado un poco. Lo haré la próxima vez que nos veamos. Además, aún queda bastante para el equinoccio. No te preocupes, hay tiempo de sobra.

—¿Verdad que es preciosa?

—Sí que lo es, Ecles, ya lo creo.

Permanecimos unos minutos más charlando sobre Amaya y las plantas que yo había escogido con su ayuda. Le transmití sus consejos y él, entusiasmado, después de dejarme algunas para mí, comenzó a trasladar las suyas sobre la valla que dividía las dos terrazas.

—Me gustan todas. Son preciosas, Diana. Muchas gracias. Las pondré mañana en los palés.

—Ecles, llévate el cestillo de mimbre, irás mucho más deprisa. Mañana se lo bajas a Amaya de mi parte y así podrás hablar con ella. No digo que la invites tú, pero sería una buena excusa para verla de cerca y hablar con ella antes de la fiesta.

—No puedo, Diana, no puedo hacerlo. Ya lo sabes —me respondió, colocando las macetas sobre la valla—. Ya te dije que lo he intentado muchas veces, pero, como dice Elda, soy un cobarde. Si no te importa, me voy a casa para recogerlas desde mi terraza.

—Cómo me va a importar. —Le sonreí.

—Nos vemos en unas horas, ¿no? —me preguntó ya en el rellano.

Aquella noche habíamos quedado para cenar los cuatro en mi terraza. Elda nos había prometido que nos prepararía un plato especial del que se negó a dar detalles.

—Sí, sí, nos vemos, pero... ¡oye! ¿No se molestarán porque me hayas dado el regalo antes de la cena? Si es de los tres, lo mismo no les gusta que te hayas adelantado.

—¡Qué va! Ya los avisé. Les dije que en cuanto lo tuviese terminado te lo daría. Me encantan las sorpresas, pero soy incapaz de esperar —explicó con expresión pícara.

Cerré la puerta tras de mí y me apoyé en ella. Recordé las explicaciones que me había dado Ecles. Hasta que escuché sus palabras había dado por hecho que aquel desnivel que tenía mi gaveta no era más que un defecto, un nudo de la madera. Pero en ese momento me asaltaron las dudas. ¿Y si Ecles tenía razón? ¿Y si en aquel pequeño hueco antes había una piedra incrustada? *Senatón* ya se había enroscado en el interior del cajón y dormía profundamente. Lo levanté y lo coloqué en el sofá. Puse la gaveta sobre la mesa y, de nuevo, busqué aquel desnivel que Ecles me había señalado. Cogí un lapicero y fui repasando el contorno hasta que apareció la forma de una estrella. Cómo había estado tan ciega, me dije al ver el dibujo. Entonces me llevé la mano al pecho, a la cadena de donde colgaba la piedra que Alán me había regalado en nuestro primer aniversario. Con ella entre los dedos, recordé el día que me la había entregado y sus palabras:

—Espero que te guste. La he comprado en una tienda de cristales de Murano. La dueña es muy excéntrica, solo vende móviles confeccionados con trozos de cristal, rosarios y algunas piezas sueltas, como la tuya. Las cuentas de los rosarios están hechas de pétalos de rosa prensados y de prismas que ella llama «lágrimas perdidas». Es casi un reto que consigas que te venda algo. Es ella quien elige a los clientes y eso hace que salgas de la tienda con una sensación de triunfo muy especial. He de reconocer que la señora es inteligente. Es un marketing estupendo y original. En cierto modo algo clasista, pero una buena estrategia de ventas.

»Quise comprarte uno de los móviles que colgaban del techo, pero se negó y me dio esta piedra. Según me dijo, representa el dominio del tiempo y del espacio, el poder que algunos seres humanos tienen para ver otras realidades. Me pareció una creencia original. Nunca había escuchado nada parecido en relación con los pentagramas.

Era evidente que Alán había conocido a Claudia y que había estado en su tienda, en aquel local que tanto me atraía, EL DESVÁN DE ARADIA. Y pensé que los acontecimientos, uno tras otro, me habían arrastrado a aquel lugar. Seguía estando en manos del destino, impulsada por él.

Descolgué la piedra de mi cadena. Me acerqué a la gaveta, comparé el hueco y la coloqué en él. La piedra se acopló como si la madera y ella estuvieran imantadas, como si ambas llevaran siglos esperando aquel encuentro. Y fue entonces cuando oí la voz de Desmond llamándome desde la calle. Estaba en la acera de la floristería, frente a la terraza. No parecía hablar alto, movía los labios despacio, pero yo le oía como si estuviera gritando a mi lado en un tono tan fuerte y desmedido que me molestó y tuve que taparme los oídos con las manos:

—Diana, baja. Trae la gaveta y tu libro. Creo que he encontrado algo importante sobre ellos en los ejemplares que le dejé a Amaya. —Movió la mano indicándome que me diese prisa.

No le respondí. La luz de la farola que estaba a unos metros de él se encendió porque comenzaba a oscurecer. Y entonces fue cuando vi su sombra en el suelo. La gabardina y el sombrero negro de gánster se proyectaron sobre los adoquines grises, poniendo al descubierto su verdadera identidad. Lo miré a la cara, fijamente y sin parpadear. Él no se movió. Me observó quieto, casi estático, a través de aquellos ojos negros, tan profundos y oscuros como el fondo de un precipicio. Se sonrió como si supiera que yo había visto su verdadero aspecto. Lo hizo con un gesto desafiante que parecía indicar que no le importaba que yo pudiese ver quién era en realidad.

—Tendré que intentarlo de otra forma —dijo—. Habría sido más fácil y menos doloroso para ti que me lo entregases todo sin ser consciente de lo que hacías. Eres una principiante, una bruja de poca monta, ignorante y sin escoba. No sé qué te habías creído.

Entré apresurada en la casa. Con la gaveta en las manos, me dirigí a la estantería del salón, saqué el libro y lo deposité en su interior. Me encaramé a una de las sillas que había llevado al dormitorio y lo guardé todo en el altillo del armario, al fondo, detrás de varias cajas de cartón en las que aún había ropa que no había desembalado. Debía protegerlo hasta que supiera qué hacer, pensé aterrorizada. Cuando puse la última caja delante de la gaveta, la puerta del armario se cerró de golpe, como si alguien o algo invisible la empujase con fuerza. Me bajé de la silla y volví a la terraza para comprobar si aquel hombre seguía en la puerta de la floristería. Pero ya no estaba. En su lugar se hallaba Amaya, quien, después de bajar la persiana de la tienda, conectó la alarma. Soltó las horquillas del moño que siempre llevaba para trabajar, zarandeó la cabeza de lado a lado, como si se despojase de algún pensamiento incómodo, y dejó su pelo largo, negro y liso a merced de la brisa nocturna, de aquel viento húmedo que olía a tierra mojada. Sacó el teléfono móvil del bolso, miró la pantalla, sonrió, escribió algo rápido y se encaminó a la entrada del metro.

***

La velada transcurrió en un ambiente tranquilo. Elda nos sorprendió con un variado de ensaladas templadas y frías que fue una delicia para nuestros paladares. Desmond, como de costumbre, trajo una botella de vino tinto y Ecles aportó el postre: sandía y melón en pequeñas bolitas que parecían perlas. Yo puse el café y el licor de bellota que tanto nos gustaba a todos. A pesar de la atmósfera relajada estuve distraída toda la noche. No podía evitar recordar lo que me había sucedido horas antes, las palabras amenazadoras y despectivas de aquel individuo. Oía las voces de mis amigos como si saliesen desde lo más profundo de un acantilado. Huecas y lejanas. Hubo momentos en que incluso sentí que me alejaba de ellos, que algo desconocido me arrastraba lejos de aquella terraza donde las risas y las palabras aparentaban venir de otro lugar. Un lugar en el que yo no estaba.

Desmond no dejó de observarme. Me miraba. Lo hacía de vez en cuando, de frente o de soslayo. Conocía mi silencio y este le decía que yo me había ido. Sentí que me buscaba, que necesitaba encontrarme tanto como yo a él. Por un momento deseé acurrucarme entre sus brazos y contar estrellas en la cabina de su DeLorean, pero el cielo estaba encapotado y yo tenía miedo porque no quería enamorarme de él.

El viento volvió a colarse entre la vela roja de mi ala delta. La recorrió, anárquico e inoportuno, y la tela pareció murmurar. Desmond se levantó y comenzó a plegarla despacio, acariciándola como si fuese la piel de su amante. Mientras la colocaba, los dos nos miramos. Y al instante comprendí que, con aquella mirada, le había dicho demasiado, tanto como él a mí con la suya. Los relámpagos de una tormenta de verano iluminaron sus ojos, los tejados, el oscuro asfalto y el rojo sangre de la vela de mi ala delta. Mientras, la lluvia limpiaba el aire de Madrid.

Aquella noche nos faltó estar a solas, un roce descuidado en la piel, un beso, un «no digas nada». Nos faltó cerrar los ojos y habitarnos en la oscuridad. Le esperé escuchando el sonido de la lluvia, sentada en la penumbra de mi salón. Pero esa noche él no saltó la valla de la terraza para ir a casa de Claudia, y yo, al día siguiente, me fui. Lo dejé allí, en aquel ático al que tal vez no podría regresar jamás, pensé llevada por una premonición, pues de algún modo sentí que algo me alejaría irremediablemente de aquel lugar.

Capítulo 18

Desperté en el salón, sobre el sofá, entumecida por la postura. Lo primero que hice fue dirigirme al dormitorio y comprobar que mi gaveta y el libro seguían en el altillo del armario, a salvo.

Cuando tomé el metro, las palabras amenazantes de aquel individuo seguían resonando en mis pensamientos. Temía encontrármelo en cualquier sitio y en cualquier momento, pues no sabía qué hacer si aquello me sucedía de nuevo. Me aterrorizaba pensar en lo que podría hacer él para arrebatarme mi libro y la gaveta.

Me senté en uno de los bancos de la estación de Argüelles y esperé a que llegase el metro. Al entrar en el vagón lo vi. Estaba al fondo, apoyado en un lateral, tapando con su espalda la ventana de una de las puertas que no se abrían. Llevaba la misma chaqueta y aquella cartera de cuero marrón colgando del hombro derecho mientras leía un periódico que me pareció de tipografía antigua. Me acerqué a él y lo saludé a apenas unos centímetros de distancia, pero él no pareció escucharme ni verme. Permaneció ajeno a mi presencia y mis palabras, ensimismado en las páginas del diario. Al lado de él había una mujer de unos cincuenta años, rubia y de ojos color azul añil. Era atractiva, pensé al mirarla cuando se dirigió a mí, pero su aspecto era desaliñado, como si llevara mucho tiempo vagando dentro del metro.

—No le digas a nadie que puedes verlo porque no te creerán —dijo acercándose a mí.

La miré desconcertada.

—Disculpe, pero no entiendo lo que me dice, no sé a qué se refiere.

—Sí que lo sabes —replicó bajando el tono de voz, y lo señaló—. Él era mi esposo. —Volvió a señalarlo—. Se fue una tarde de agosto, durante nuestras vacaciones. Desapareció después de haber quedado con un amigo que era investigador, como él.

—Creo que se equivoca de persona —insistí apurada—, no sé de quién me está hablando.

—Te hablo de mi marido, al que has saludado hace un momento. Se llama Duncan Connor. Desapareció en 1995 en la estación de Cuatro Caminos. Aquí, en Madrid, hace ya veintidós años. Ahora tendría cincuenta y dos pero, como ves, aparenta treinta, la edad que tenía entonces.

»Le advertí que cualquier día podría sucederle algo imprevisto si seguía con aquellas investigaciones, pero no me hizo caso. A pesar de que dejó todas sus cosas en el hotel, dijeron que su desaparición fue voluntaria. Yo, impotente, sin poder hacer nada, regresé a nuestra residencia en Irlanda, pero jamás me di por vencida y continué su búsqueda durante años. Vendí todos nuestros bienes y regresé todos los veranos a Madrid para buscarlo —explicó, mirándolo fijamente—. Hace dos años lo encontré. Estaba como ahora, en uno de estos vagones. Imagina la alegría que sentí, pero mi ilusión se fue como vino, porque él ni me vio ni me oyó. Mi marido es como un fantasma. Creo que está atrapado en una especie de limbo.

Duncan, como lo llamó la mujer, seguía en la misma postura, leyendo, ajeno y ausente a todo lo que pasaba a su alrededor, como si en realidad fuera un fantasma o, como ella afirmaba, estuviese colgado en el tiempo y el espacio, entre el pasado y el presente que ambas vivíamos en aquel momento.

—Tiene problemas —dijo una joven que estaba sentada frente a nosotras. Se levantó para apearse en la siguiente estación—. ¡Pobre mujer! —exclamó, mirándola con lástima antes de salir del vagón, cuando las puertas ya estaban abiertas.

—Me gustaría hablar con usted con más calma. ¿Aceptaría que la invitase a tomar un café? —le propuse a la mujer—. Yo la creo. Veo a Duncan tan claramente como usted. Podríamos ayudarnos una a la otra.

—Una moneda, ¿tiene usted una moneda? —me preguntó, y al hacerlo su expresión y su mirada cambiaron. Sus ojos parecieron vaciarse de emociones, de sentimientos y recuerdos; se oscurecieron.

Sin esperar a que le respondiese, se sentó en el suelo del vagón, junto a los pies de Duncan. Agachó la cabeza, se hizo un ovillo y pareció dormirse a su lado como si fuese un perrillo abandonado.

Ninguno de los pasajeros del vagón le prestaba la más mínima atención. Entraban y salían dejando que su mirada la rozase lo justo para no pisarla, como si ella no estuviera allí, como si no existiera.

Permanecí junto a ella, observándolos a los dos. ¡Estaban tan cerca y, al mismo tiempo, tan lejos uno del otro!, pensé, observándolos emocionada. Al llegar a la estación de Cuatro Caminos, Duncan pareció despertar de su extraño letargo, dobló el diario y se apeó. La mujer siguió sus pasos y yo fui detrás de ambos. Sin embargo, cuando Duncan subió el primer escalón que conducía a los corredores que daban a la calle o a otras líneas del metropolitano, su figura se desvaneció ante mí. No sé adónde fue, ni cómo pasó. Ella se detuvo en seco, en medio de las escaleras, luego se sentó en un peldaño y comenzó a llorar.

Me senté junto a ella y la abracé. La gente seguía pasando junto a nosotras, esquivándonos, omitiendo nuestra presencia y el llanto desconsolado de la mujer.

—Dígame en qué puedo ayudarla y lo haré —le dije, sobrecogida por su dolor.

—No se preocupe, yo me encargo —intervino una voz masculina.

Levanté la cabeza y lo vi frente a nosotras. Era uno de los vigilantes del metro.

—¿Cómo dice?

—Es una vieja conocida. —Hizo un gesto de pesar—. ¿Verdad, Virginia? —le preguntó, agachándose para mirarla de frente.

—Me he vuelto a perder —respondió ella, tendiéndole la mano al vigilante.

—No te preocupes, ahora mismo llamo a los Servicios Sociales. Pero antes, tú yo nos vamos a tomar un café calentito, con churros, como a ti te gusta, porque estoy seguro de que aún no has desayunado...

Mientras los veía alejarse sonó el timbre de mi teléfono móvil. Era Samanta.

—Nena, qué contenta estoy. Si aligeras, te invito a un café y un pedazo de tarta en el Starbucks antes de entrar en el trabajo. Tengo una gran noticia —me dijo a través de la línea telefónica.

—No sabes cuánto me gustaría. —Imaginé poder hablar con ella en persona, abrazarla y contarle lo que me estaba sucediendo. Pero ella estaba en Egipto, claro—. Deja de bromear, no estoy para guasas —le respondí, pensando que me estaba gastando una broma.

—En serio, aunque no lo creas, hoy no me he traído el coche. Te espero cerca de la salida del metro. Ya te veo, mira al frente. —Entonces la vi—. ¡Estoy aquí! —gritó, levantando la mano.

Eché a correr y me abracé a ella.

—No sabes cuántas ganas tenía de verte, Samanta. Y cuantísimo te he echado de menos.

—Pues sí, sí que estás perjudicada. Si nos vimos ayer en el trabajo. ¿Qué pasa? —dijo sorprendida.

—Dime, ¿cuándo has regresado?

—Regresar... ¿de dónde? —preguntó sin salir de su asombro.

—De Egipto, de dónde va a ser.

—Dios mío, Diana. A veces me das miedo. ¡Si aún no me he ido! Deberías dedicarte a echar las cartas o a cualquier cosa que se relacione con la adivinación. Estoy segura de que te harías de oro.

¿Cómo has podido saber que me voy a Egipto? —me respondió riéndose—. ¡Eres increíble!

—No sé —dije, confusa y aturdida—. Quizás lo haya soñado. La verdad es que no he dormido muy bien y he tenido pesadillas —me excusé para intentar ganar un poco de tiempo y centrarme, porque me di cuenta de que algo había sucedido, algo que había dado la vuelta al tiempo, que lo había trastocado todo, pensé asustada.

—Alán me dijo que habías salido más pronto de lo habitual, que ni le habías esperado. Estaba preocupado. Me pidió que le mandase un *whatsapp* cuando estuviésemos juntas. Dice que tu teléfono estaba fuera de cobertura o apagado. Ni te imaginas cómo he corrido para llegar antes de que te perdieses entre las calles, porque no tengo ni idea del itinerario que haces a pie para llegar a la oficina...

Era julio, miércoles 12 de julio. Eso fichó la máquina al introducir mi tarjeta en la oficina. Lo mismo mostraba mi ordenador, el calendario del teléfono móvil e incluso mi agenda. Era como si hubiese retrocedido un mes en el tiempo. Si era así, Samanta todavía no se había ido a Egipto y yo aún estaba con Alán. Aquello no podía estar ocurriendo, pensé ya sentada delante de mi escritorio. Revolví los cajones, consulté las notas que tenía en mi agenda y comprobé que a partir de esa fecha no había nada anotado, las páginas estaban en blanco, porque aquellos días aún no habían pasado. Busqué los mensajes antiguos en mi teléfono móvil, algo que me indicase que aquello no estaba sucediendo. Me apoyé en la mesa y cerré los ojos. Volví a abrirlos esperando ver el sitio de Samanta vacío, que todo fuese producto de una pesadilla, pero no fue así. Samanta estaba asomada por encima de su panel y me miraba fijamente, con expresión preocupada.

—Nena, ¿te encuentras bien? —me preguntó—. Llevas un buen rato abriendo y cerrando los cajones de tu mesa. No has dicho ni una palabra y ni siquiera te has puesto los auriculares para trabajar. Además, estás muy pálida.

—La verdad es que noto el estómago raro y siento náuseas. Creo que voy a tener que marcharme a casa.

—Vete ya, ni te plantees quedarte tal y como estás. Tienes muy mal aspecto. Igual es un virus gastrointestinal. Márchate, no merece la pena que aguantes ni un minuto más. No te lo van a agradecer. Ya sabes, en esta empresa no heredan ni los legítimos...

Le hice caso. Salí a la calle y llamé a un taxi. No quería regresar en metro porque no estaba segura de adónde tenía que dirigirme, cuál era mi lugar de residencia en aquel momento: el piso que compartía con Alán en la zona de Manuel Becerra o el ático de aquel edificio cerca de Argüelles que alquilé tras separarme de él. Y ese no era el único motivo: si aquello estaba sucediendo de verdad, si había retrocedido en el tiempo, debía de haberme pasado allí, a cuarenta y cinco metros por debajo de la superficie que pisaba en aquellos momentos, pensé mirando las baldosas de la acera. En la línea 6 de metro, la circular, y más concretamente, en una de sus estaciones más antiguas y profundas, la de Cuatro Caminos, inaugurada el 17 de octubre de 1929. Al reflexionar sobre ello sentí miedo, pánico a perderme en sus pasillos, sus túneles y entre la gente que lo habitaba sin estar allí, como fantasmas de un pasado que se negaba a desaparecer, pensé recordando a Virginia y a Duncan.

Antes de darle la dirección al conductor busqué las llaves en el bolso. Debía cerciorarme de cuáles eran las que tenía, a cuál de los pisos pertenecían. Saqué el llavero y vi las hendiduras de la tija: eran de la puerta blindada. Miré al taxista, que esperaba sonriente a que le indicara el destino, y le dije la calle donde estaba situado el ático del apartamento de Alán.

—¿A qué altura? —me preguntó.

—Al comienzo —le respondí con desgana y sin mirarle.

Él no volvió a hablar durante el trayecto.

El apartamento seguía tal y como estaba cuando yo vivía allí con Alán. Nada había cambiado. Mi ropa en los armarios. La cama deshecha, como solíamos dejarla las mañanas que nos íbamos a trabajar temprano. Las tazas del café sobre la encimera de la cocina y una nota de él sujeta a la puerta de la nevera por un imán, que adquirimos durante el primer viaje que hicimos juntos a Ámsterdam:

No me dio tiempo a recoger. Nos vemos esta noche. Te quiero.

El calor sofocante del mes de julio me obligó a abrir todas las ventanas nada más llegar. Incluso antes de subir las persianas, en la penumbra, vi su figura estilizada y gris. Noté que se pegaba a mis tobillos y que empujaba la cabeza contra mí. Me agaché sin saber si estaba allí o si lo veía porque lo añoraba. Nada más cogerlo, comenzó a maullar como si intentase decirme algo.

—Hola, bichito —le dije mientras dos lágrimas caían por mis mejillas—. ¡Qué alegría! Dime, ¿cómo has llegado hasta aquí?

Como si hubiese entendido mis palabras, *Senatón* comenzó a emitir sonidos cortos y pausados. Después me lamió la frente varias veces con su lengua áspera y pequeña.

—Yo también me alegro de verte —le dije en respuesta a sus explicaciones y le di un beso en su cabecita. Después lo dejé en el suelo.

Él, como si ya hubiese recobrado la tranquilidad perdida durante mi ausencia, corrió hacia la gaveta, se metió dentro de ella y comenzó a lamerse las patas delanteras. Lo observé durante unos minutos, quieta, casi estática, hasta que lanzó un maullido agudo que me pareció una reprimenda dirigida a mí. Parecía decirme que me moviese, que hiciera algo, que me situara. Al menos eso fue lo que yo sentí al oír que maullaba de aquella forma tan extraña, tan humana.

Subí la persiana y los rayos del sol de julio entraron en el salón, junto con una brisa ligera que ventiló el aire viciado del habitáculo. Me sentía exhausta, como si hubiera estado viajando en el vagón de un tren de mercancías durante cientos de kilómetros. Y tal vez lo había hecho, pensé. Quizás había estado viajando durante un mes para regresar allí, al mismo lugar del que había partido. Debía tranquilizarme, pensar y volver a ubicarme en aquel pasado que ya había vivido pero que, en ese momento, era presente. Sin embargo, no sabía qué hacer, cómo digerir todo lo que iba a suceder por más que yo me opusiera. Lo más terrible de todo aquello era la posibilidad de que tal vez, si los acontecimientos sufrían algún tipo de variación, aquello pudiera alejarme para siempre de Elda, Ecles y Desmond. Podría destruir el futuro que había vivido con ellos, ese que aún no existía. Bastaba con que se hubiera producido una paradoja temporal, como me había advertido Duncan, el hombre del metro, en nuestro primer encuentro. Y esa paradoja podía haberla causado mi comentario a Samanta sobre su viaje a Egipto, pensé, y me recriminé lo inconsciente que había sido, el hecho de haberme dejado llevar por la alegría que me produjo pensar que mi amiga había regresado.

Me preparé un café y volví al salón. Miré a *Senatón*, que dormía hecho un ovillo dentro de la gaveta. Me agaché, lo acaricié y me pregunté cómo habría llegado él hasta allí. Cómo era posible que hubiera vuelto conmigo. Entonces vi mi libro sobre el escritorio de Alán. Estaba abierto y sus páginas, escritas. El texto narraba todo lo que me había sucedido desde que Alán me dejó. Elda, Desmond y Ecles aparecían descritos tal y como yo los recordaba. Aquello hubiera sido algo normal si los hechos hubieran sido narrados a posteriori, pero según el calendario de mi teléfono móvil, todo aquello no podía haber sucedido aún. Y no solo eso, Samanta todavía no se había marchado a la excavación en Egipto. Sin embargo, lo que más me preocupó fue comprobar que la letra era mía.

Página tras página, todo lo que sucedía en aquella historia se correspondía con lo que yo recordaba haber vivido. Excepto el nombre del personaje que ocupaba el ático central, el que lindaba con las casas de Claudia y Desmond. Aquella pelirroja a la que Desmond apodaba «escocesa» no se llamaba Diana, sino Aradia. El libro, mi libro, era un manuscrito en cuyas páginas aparecía una trascripción exacta, minuciosa y escalofriante de lo que yo había vivido. Y aunque la letra era la mía, yo no recordaba haber escrito nada de aquello, pensé aún más desconcertada.

El último párrafo narraba cómo Aradia, tras oír la voz de Desmond desde la calle y al comprobar que no era él quien la llamaba, guardaba el libro y el cajón dentro del altillo del armario. Sin pensarlo dos veces, me dirigí a la gaveta y la giré buscando la taracea, el pentagrama, pero no estaba. El hueco permanecía vacío. Al voltearla, sentí aquel olor a betún de Judea del que me habló Ecles cuando me la entregó, el olor del tinte que le aplicó para envejecer la pieza. Le di la vuelta y en la base vi la «D» que Desmond ponía a modo de firma en sus cuadros. Aquella no era mi gaveta, era la que Ecles había confeccionado guiándose por la foto que Desmond le había dado. Era este quien había grabado los símbolos pictos, por eso figuraba su inicial en la base del cajón. Ecles me había mentido: él había hecho el cajón, pero Desmond había grabado los símbolos. Me levanté, cogí el libro y lo revisé meticulosamente. Mis temores se confirmaron. Aquel manuscrito no era mi libro. A simple vista lo parecía, pero era una copia, una copia idéntica. Me llevé las manos al cuello y tiré de mi cadena para buscar la piedra que Alán me había regalado, la misma que recordaba haber colocado en mi gaveta y que aparecía descrita en aquellas páginas, pero no la hallé. La piedra de cristal rojo con forma de pentagrama ya no colgaba de ella.

El WhatsApp sonó. Antes de mirar el teléfono supe que el mensaje era de Alán. Lo recordaba, recordaba que me decía que no vendría a cenar. Tenía inventario y con las prisas había olvidado comentármelo, escribió. Sonreí entristecida al comprobar que el texto se correspondía con lo que guardaba en mi memoria. La fecha también.

Aquella noche era la primera del comienzo del fin de nuestra relación, pensé al tiempo que recogía los pétalos de rosa que comenzaron a alfombrar el suelo del salón. A pesar de todo, le quería, no podía evitar seguir queriéndole. *Senatón* se tumbó a mi lado y comenzó a restregarse contra mí, como si intentara calmar mi llanto. Lo miré sin dejar de llorar. Se levantó y con las patas delanteras comenzó a golpear el teléfono que yo había dejado en el suelo. Entonces cogí el móvil y llamé a Alán:

—Cuando puedas, tenemos que ir a la tienda donde me compraste el cristal rojo, el pentagrama, porque quiero regalarle uno a Samanta. Se va a Egipto y, como siempre le ha gustado el mío, he pensado que le haría ilusión llevarse uno igual. Le dará suerte.

—¿Estás bien? —me preguntó.

—Sí, perfectamente. Si lo dices por el *whatsapp* que acabas de mandarme y al que no te he respondido, pues sí, lo estoy, aun sabiendo que el inventario no dura lo que dices y que te tomarás la última copa con tu compañera, a la que llevas todos los días a su casa —le espeté sin poder reprimirme, y arrepintiéndome en el mismo momento de decírselo.

—¡Dios, Diana! Imagino que te refieres a Azu. Es una compañera, nada más. Si fuese por ti, no hablaría ni me relacionaría con nadie.

—Lo que tú digas —respondí en tono irónico, con la rabia y la impotencia tiñendo mis gestos—. A lo que iba: mejor me das la dirección de esa tienda y voy yo sola. ¿Recuerdas cómo se llama?

—No, solo el nombre de la dueña. Se llama Claudia, como mi sobrina. Hace ya tres años que lo compré. Lo mismo la tienda ni existe. Aunque era un negocio boyante, hoy no te puedes fiar de nada, sobre todo de las pequeñas empresas. Caen una tras otra como si fuesen fichas de dominó. Una pena. Mira en el cajón derecho del escritorio. Busca en el disco duro, el negro. Examina las facturas de aquel año, cuando nos conocimos. Ahí debe de estar la copia de la factura en archivo jpg. Y hazme el favor de no pensar tonterías. Procuraré terminar pronto. Te quiero, brujita...

CAPÍTULO 19

No le dije que había vuelto a casa. No tenía ganas de hablar con él y menos de debatir sobre su engaño, porque tenía la seguridad de que me estaba mintiendo, y eso me dolió. Volvió a dolerme como si no lo hubiera vivido aún, como si aquella fuera la primera vez.

Abrí todas las ventanas de la casa y los rayos del sol abrasador de aquel mes de julio extraño y atemporal entraron en las estancias. Bajé los toldos y, al hacerlo, imaginé la voz de Desmond dándome las gracias por aquella sombra que le permitía seguir cerca de mí, en la penumbra. Sonreí, cerré los ojos pensando en él y se me escapó un pensamiento.

—¡Cuánto me gustaría que estuvieras aquí! —exclamé en voz alta.

Después de mis palabras escuché las suyas. Fueron cálidas y tenues, como un susurro venido de lejos que me sobrecogió: «No digas tonterías, escocesa, si tú no me quieres, al menos no como siempre te he querido y te querré yo a ti».

Abrí los ojos esperando verlo a mi lado, pero Desmond no estaba.

Conecté la radio. El locutor avisaba de que aquel día, como los anteriores, se alcanzarían máximas de temperatura, y repetía las advertencias que suelen darse frente a una ola de calor. Oí el ruido que la puerta de los vecinos de al lado produjo al cerrarse cuando se marcharon, y después los ladridos de *Dylan*, su golden retriever. Sonreí. Me paré y lo escuché. Dejó de ladrar, como siempre, cuando su dueño tocó el claxon al salir del garaje. El olor del producto que el conserje utilizaba para limpiar las escaleras se coló en casa. Todo seguía igual, nada parecía haber cambiado. El tráfico incesante, el ir y venir de la gente en las aceras, saliendo y entrando de la boca de metro cercana. Era como si el tiempo hubiese retrocedido un mes, como si nada de lo que había vivido fuese real. Entre toda aquella amalgama de sonidos y olores destacó una emanación a pintura que, inevitablemente, asocié con Elda. La aspiré como si se tratase de una fragancia. Cerré los ojos e imaginé que volvía a estar cerca de mí y que aquello, la realidad que vivía en ese momento, se iría, que abriría los ojos y estaría de nuevo en mi ático. Entonces reparé en que uno de los pintores, en el piso de arriba, me llamaba por el balcón:

—Señorita, ¿me oye? Debe recoger los toldos, vamos a pintar el techo del balcón y las contraventanas. Si no los pliega puede que, aunque tengamos cuidado, alguna gota se nos escape y los manche.

—Ahora mismo los recojo —le respondí asomada a mi balcón, mirando hacia arriba—. Muchas gracias.

—Ya te dije que no lo haría —le dijo al compañero—. Ayer, cuando la avisé, parecía desorientada. Estos *ejecupijos* trabajan demasiado. No saben lo que es vivir, te lo digo yo...

Plegué los toldos y dejé las ventanas abiertas para que el olor de la pintura siguiera trayéndome el recuerdo de Elda. Bajé las persianas a media altura para evitar que el sol, que ya estaba frente al piso, entrara de lleno en la casa.

Cogí el manuscrito, lo cerré y lo apreté contra mi pecho como si, al hacerlo, los abrazase a ellos. Pensé que tal vez sí había escrito yo aquel texto. Tenía sentido que lo hubiera hecho en algún momento para no olvidar a Elda, Ecles y Desmond. En realidad, aquel era el único sentido que le encontraba en esos momentos. Lo guardé en el altillo del pequeño armario del pasillo, bajo la ropa de cama, y me dirigí al ordenador. Quería buscar la factura del colgante para ver la dirección de la tienda de Claudia, porque estaba segura de que se trataba de la misma persona, de la madre de Antonio. Si tenía en cuenta lo vivido, Claudia ya debía de haber fallecido. La tienda, que ocupaba parte de los bajos del edificio, estaría cerrada, pero Antonio seguiría alquilando los pisos, y Ecles, Elda y Desmond ya ocuparían los suyos. Cuando introduje el disco en el ordenador sonó el timbre de la puerta. Me asomé a la mirilla. No esperaba a nadie. Vi a un hombre alto y delgado que vestía el uniforme de Correos. Al parecer se percató de que estaba observándole desde dentro, porque levantó la mano a modo de saludo y, como si yo le hubiera preguntado algo, dijo:

—Correos. Traigo un paquete. —Y lo levantó frente a la mirilla.

Abrí la puerta.

—¿De dónde viene? No espero nada —le pregunté mientras cumplimentaba el número de mi DNI y la firma en su aparato electrónico.

—De Escocia —respondió—. ¿Es egipcio? —me preguntó mirando a *Senatón*, que estaba en el quicio de la puerta.

El gatito permanecía sentado sin perder de vista al hombre, como un perro que estuviera protegiendo la entrada.

—Egipcio y aventurero —dije, cogiéndolo en brazos.

—Yo también tengo uno; no es egipcio, pero hace lo mismo a diario. Se sienta en la entrada como si fuese un perro guardián. Los egipcios colocaban estatuas de gatos fuera de las casas —dijo señalándolo— para impedir que entrasen espíritus malignos en sus hogares. Igual que las brujas hacen con las escobas: las ponen sobre el dintel. —Me miró fijamente durante unos segundos y después comenzó a despegar la etiqueta del paquete—. Tal vez por eso los gatos y las escobas están tan relacionados con las brujas. Dicen que no hay bruja que se precie de serlo sin un gato y una escoba. —Me dio la copia de la entrega, se despidió con un «buenos días» y se marchó.

Su cara me resultó familiar. Dejé a *Senatón* en el suelo y el paquete sin abrir encima del sofá. Subí la persiana y salí al balcón. Quería volver a verlo para hacer memoria. Se paró frente al portal, al lado de su *scooter*. Levantó el sillín y, murmurando, comenzó a organizar los sobres que había dentro. Sacó unos cuantos, les puso una goma, arrancó la moto y bajó de la acera.

Un chorro de pintura blanca me cayó en la cabeza y me resbaló por la frente. Di un salto hacia atrás.

—Pero... ¿cómo se le ocurre salir? ¡Ya le advertí que esto podía pasar! Cuando terminemos le limpiaremos la terraza. ¡Lo siento mucho!

—No, no se preocupe. Ha sido culpa mía —le respondí, limpiándome la frente con el antebrazo, mientras miraba al cartero, que, junto a otros viandantes, observaba la pintura que caía de un gran bote que se había volcado, chorreando como una catarata de balcón en balcón hasta llegar a la acera.

—Lo que yo te diga, están empanados —le comentó el pintor a su compañero, esta vez sin bajar el tono de voz—. Todos son iguales: tanto ordenador y sillita de despacho, que si numeritos aquí y allá, pero luego, en el día a día, son unos lerdos.

Aunque era evidente que se refería a mí, no dije nada. Continué ajena a su perorata, mirando al cartero mientras este, como el resto de los viandantes, observaba la fachada y el chorro de pintura que caía sin control hacia la calle. Finalmente, el empleado de Correos levantó la mano en un gesto claro de despedida dirigido a mí y se incorporó al tráfico. En ese momento me di cuenta de que no lo había visto en ningún sitio, sino que guardaba un parecido extraordinario con Duncan, el marido de Virginia. Permanecí en la terraza hasta que volví a captar la voz del pintor:

—Mírala, sigue ahí, como una estatua de sal. Si ya te lo he dicho: no tienen sangre en las venas.

—Y tú ¿qué?, le has dado una patada al bote, eres igual de torpe o más. Lo mismo le sucede algo, parece como si no se encontrase bien —respondió una voz femenina que me resultó muy familiar—. Qué cerril eres, Sebastián. Ahora vuelvo. Voy a ver cómo está. Y ten cuidado, que has vuelto a rozar el bote con el pie. Deberían contratarte para pintar las líneas del asfalto en vez de las fachadas. Eres un desastre.

Cuando el timbre de la puerta sonó, tardé en abrir. No sabía qué hacer. Elda estaba allí, en el rellano, sobre mi felpudo tal y como la recordaba, con su mono blanco y sonriente.

—Señorita, ¿se encuentra usted bien? —inquirió preocupada.

Pero yo no respondí. Permanecí unos minutos en silencio, observándola desde el otro lado de la puerta, a través de la mirilla.

Capítulo 20

No me reconoció. Le dije con voz entrecortada que no se preocupara. Ella insistió en que me limpiarían la terraza y que la empresa me pagaría los gastos de la limpieza de mi ropa y de los zapatos. Algunas gotas de pintura habían salpicado las prendas y mi calzado. Me moría por decirle que ya nos conocíamos, que lo más probable era que nuestros destinos se cruzaran de nuevo. Tenía ganas de abrazarla, de invitarla a tomar un café, de tenerla a mi lado como antes, como era costumbre entre nosotras. Anhelé volver a escuchar su voz cercana, su pragmatismo, que de seguro me llevaría a una solución racional y, sobre todo, beneficiosa para mí. La impotencia fue tal que tuve que contener mis ganas de llorar y a punto estuve de rendirme, pero recordé la advertencia de Duncan sobre las paradojas y callé. No debía interferir en el presente porque el futuro podía cambiar, dejar de ser el que debía, y si aquello sucedía, pensé aterrada, tal vez no volviera a ver a mis amigos jamás.

Le di las gracias y ella me pasó una tarjeta de su empresa para que me pusiese en contacto con administración y les pasara la factura del tinte.

—En cuanto terminemos de pintar, quedaremos con usted para limpiarle el suelo de la terraza y la barandilla. Imagino que lo harán otros compañeros de la empresa. Tendrán que ir casa por casa, pero es lo que tienen estos incidentes...

Cerré la puerta y tras ella quedó Elda, que al marcharse me dejó allí, sola y perdida en un tiempo que en ese momento no quería vivir. *Senatón* jugaba con los pétalos de rosa que habían ido cayendo sobre mis pies descalzos.

—Bichito, me vas a arañar —le dije.

Me agaché para apartarlo y me encaminé al baño.

Debía quitarme la pintura lo antes posible si no quería que se me quedara adherida a la piel y el pelo. La ropa era lo de menos, estaba segura de que ya era irrecuperable, me dije al dejar las prendas en el suelo del baño, fuera del cesto de la colada.

Entré en la ducha pensando en el giro que había vuelto a dar mi vida. Estaba en el punto de partida, cuando mi presente todavía no se había roto en mil pedazos, cuando aún lo tenía todo y Alán no me había dejado. Sin embargo, había vuelto a perder. Sentía una tristeza similar a la que había experimentado cuando Alán rompió conmigo. Elda, Ecles y Desmond no estaban a mi lado y su ausencia me hacía daño. Sabía que para volver a verlos tendría que dejar que el tiempo corriese, que los acontecimientos se sucedieran uno tras otro sin interactuar con ellos, aunque supiera lo que iba a suceder en todo momento. Sin embargo, probablemente ya había provocado una paradoja que, estaba segura, cambiaría parte de los acontecimientos venideros. Me había dejado llevar por la rabia y el dolor, y le había dado a entender a Alán que dudaba de su fidelidad, que sabía de la existencia de Azucena, su compañera de trabajo: «Si lo dices por el *whatsapp* que acabas de mandarme y al que no te he respondido, pues sí, lo estoy, aun sabiendo que el inventario no dura lo que dices y que te tomarás la última copa con tu compañera, a la que llevas todos los días a su casa».

Yo no debía saber que ambos se atraían, que aquella química casual terminaría en una relación. Pero lo sabía y, sin pensarlo, sin sopesar lo que podrían provocar mis palabras, se lo hice saber a Alán. Aquello, mi desconfianza hacia él y hacia la relación de amistad que mantenía con Azucena, podía hacer que su actitud con ella cambiase. Tal vez evitaría que esa relación se convirtiera en un romance, en la historia de amor que desencadenó nuestra ruptura, y con ello recuperaría a Alán. Pero en ese caso existía la posibilidad de que Ecles, Elda y Desmond no volvieran a formar parte de mi vida. Estaba en un callejón sin salida, enganchada en una órbita que me hacía girar alrededor de dos tiempos, pasado y presente, sin que supiera en cuál debía apearme para no perder a ninguna de las personas que quería.

Senatón maullaba sentado bajo el dintel de la puerta del baño. Lo miré mientras me secaba el pelo. Él volvió a emitir aquel maullido largo y lastimero con el que me pedía que lo aupase. Lo cogí en brazos y, pensativa, miré sus pupilas negras y rasgadas.

—Bichito, ¿de verdad estás aquí? Porque, ahora que lo pienso, nadie, a excepción del cartero y de mí, parecía verte. Elda te ha tenido delante y no ha dicho nada. Dime, ¿eres eral?

Maulló de nuevo, como si me respondiese con una afirmación, y comenzó a lamerme la frente con su diminuta lengua, que parecía un recorte de papel de lija.

—Sí. Sí que lo eres. Y no sabes cuánto te agradezco que así sea. Soy una bruja torpe y sin escoba, perdida en esta ciudad ruidosa y sin alma. Y me siento sola, terriblemente sola —le dije con la pena que sentía deslizándose por mi piel, mis gestos y mi mirada—. ¿Me ayudas a buscar mi escoba, el cajón y el libro? Ya sabes, no hay bruja que se precie de serlo si no tiene un gato y una escoba, y yo he perdido la mía. Tal vez si lo recuperamos, si rescatamos del futuro mi libro, la gaveta y la escoba que Claudia me regaló, podremos volver a ser nosotros; recuperaremos nuestro sitio en este mundo —le dije sin pensar en el significado de mis palabras, como si estas fuesen una certeza y siempre hubieran estado ahí, ocultas pero vivas.

CAPÍTULO 21

Me senté en el sofá con el paquete en el regazo. Respiré profundamente e intenté recuperar la tranquilidad que había perdido ese día al tomar conciencia de que el presente había cambiado, que ya no era el mismo. Cerré los ojos y, con las manos sobre el paquete, antes de abrirlo, pensé en todas las dificultades que había ido superando desde niña para llegar a ser como y quien era en aquel momento. Recordé la inseguridad que durante un tiempo generaron en mí las burlas de las que fui objeto por mis compañeros de orfanato. Evoqué a mi madre y sus visitas nocturnas, el dolor que me produjo que se fuera de mi vida para siempre, el desfile de parejas en busca de un hijo que nunca fui yo. Hice memoria de las horas que pasé limpiando aulas y patios de colegios para pagarme los estudios, el polvo que levantaban las cerdas de la escoba que utilizaba para barrer las clases, las sillas sobre los pupitres y el olor a tiza y a pizarra húmeda. Recordé mi primer sueldo: mi primer piso alquilado, mi primera compra de ropa, mi primera noche de copas y mi primer amor.

Desde siempre, desde que tuve uso de razón, había sabido que era distinta al resto y que aquello, mi condición de bruja, no iba a cambiar. No era un vestido de quita y pon, ni un rasgo de carácter que se pudiera modificar. Mis cualidades habían nacido conmigo y se irían cuando yo dejara de existir. Y aunque intentara olvidarlas, hacerme la distraída, siempre iban a estar ahí. Se manifestaban en forma de pétalos de rosa, en premoniciones e incluso en frases compuestas de palabras desconocidas para mí que surgían de mis pensamientos cuando deseaba algo. No podía escapar de ello, hiciera lo que hiciese no lo conseguiría jamás, me dije mientras abría el paquete. Había llegado el momento de aceptar quien era con todas las consecuencias, porque aquello, mi conformidad, el no renunciar a mí misma, a mi procedencia, era la única opción, pensé, recordando cómo cada suceso de mi vida, cada circunstancia, me había conducido al mismo lugar: a mi cajón y al libro. A aquellos diez nombres de brujas que había grabados en la madera. Ellas, me dije, fueron como yo.

El paquete que me había entregado el cartero contenía un informe de más de cuatrocientas páginas sobre las brujas más antiguas, que hablaba de sus orígenes y de la historia de cada una de ellas, siempre adherida al neopaganismo y a la persecución que sufrieron. Parte de la información que contenía aquel dosier se diversificaba y alejaba de la documentación clásica sobre este tipo de cultos que aún permanecían vivos, como la Wicca. En la información aportada por el documentalista que había confeccionado el dosier, se incidía en que existía una religión aún más antigua que las conocidas, un culto que llevaba escondido más de diez siglos. Este secretismo se debió a la persecución que sufrieron cuando a las brujas adoradoras de la Luna se les comenzó a atribuir los males que sufrían sus conciudadanos y de los que ellas no eran responsables. Desde entonces las brujas que adoraban a Diana, la diosa lunar, se ocultaron y desaparecieron, camufladas entre los mortales siglo tras siglo, tras borrar sus huellas y esconder su evangelio. Encubrieron su condición para preservar a sus sucesoras, sus conocimientos y la sabiduría que les permitía, entre otras cosas, viajar en el tiempo y ser, en cierto modo, inmortales.

Entre ellas se citaba a Aradia, hija de Diana, la diosa lunar. La documentación afirmaba que se la consideraba la primera bruja que, después de ser un espíritu, volvió a la Tierra para defender a los suyos, proclamar su doctrina y proteger a los desamparados. Así fue durante muchos años, hasta que las persecuciones comenzaron y Aradia tuvo que desaparecer. Se llevó consigo el verdadero evangelio de las brujas, que ella misma había escrito. Sin embargo, según los datos que aportaba el dosier, Aradia no era la bruja más antigua de la historia. La primera fue Alice Kyteler; nacida en el seno de una familia adinerada descendiente de comerciantes flamencos asentados en el condado de Kilkenny, Irlanda, llegó al mundo en 1280, treinta y tres años antes que Aradia. Fue a ella a quien recurrió Aradia para que protegiera su evangelio.

En los documentos gráficos se aportaba el dibujo de un cajón de madera de haya negra, igual que el mío, con símbolos pictos grabados en sus laterales. En el pie de foto se decía que aquel cajón lo había construido Alice Kyteler para proteger el evangelio de Aradia y que los símbolos eran los nombres de las brujas que lo habían custodiado y protegido durante siglos. En uno de los laterales había una piedra roja incrustada en la madera con la forma de un pentagrama.

Al final de la documentación se hacía referencia al posible paradero del evangelio y el cajón. Se afirmaba que había datos suficientes como para creer que ambos objetos mágicos habían seguido bajo la protección de Kyteler hasta que ella, acusada de brujería y de haber envenenado a sus maridos, tuvo que ponerlos a salvo entregándolos a otras brujas. Cuando estas también fueron perseguidas, el evangelio y el cajón viajaron a Escocia, donde permanecieron durante siglos. Finalmente, un escocés se lo llevó a Galicia y lo custodió durante toda su vida hasta que falleció. Tras la muerte del patriarca, la familia emigró a Madrid. Por todo ello se afirmaba que el evangelio y la gaveta podrían estar en la capital de España, en cualquier lugar recóndito y secreto, posiblemente preservados por un descendiente directo de Aradia.

Abrí el sobre que se adjuntaba con la documentación. Era una nota en la que un profesor de la facultad de Ciencias Sociales de la Universidad de Glasgow, Escocia, me indicaba que aquel informe era parte de la investigación que había desarrollado un viejo amigo suyo, el doctor Duncan Connor, sobre Aradia y el paradero del verdadero evangelio de las brujas. También me hacía saber que aquel material había pasado a sus manos después de que Duncan Connor desapareciera misteriosamente en España, en Madrid. Me aconsejaba que tuviera precaución habida cuenta de lo que le pasó a su amigo, me deseaba éxito en mi investigación junto con sus mejores deseos de salud y bienestar para mí y los míos, y quedaba a mi servicio por si en algún momento necesitaba algo más. También me enviaba saludos para Samanta, que, según la nota, era la persona que nos había puesto en contacto. Se despedía con el lema de la universidad: *Via, Veritas, Vita*; el camino, la verdad...

—¡Dios! ¿En serio? —exclamó Alán al entrar en el salón—. No puedo creérmelo. ¿Llevas todo el día aquí, con las persianas a medias y alimentándote de patatas fritas y bebidas azucaradas? ¡Son más de las nueve de la noche! ¿Qué son todos esos papeles que hay por el suelo? —dijo, agachándose y recogiendo varios folios.

—Información contrastada sobre la historia de Aradia y el evangelio de las brujas —le respondí.

—Pero... si ya compraste ese evangelio. —Señaló la estantería, el lugar donde se encontraba el ejemplar.

—Ya, pero ese no es el verdadero evangelio de las brujas —le respondí al tiempo que iba apilando los folios ante su mirada incrédula—. Te lo dije y tú no quisiste creerme. Ahora esta información lo demuestra, confirma mi teoría —dije, levantando las hojas que ya había apilado—. Y tú, ¿no tenías inventario? ¿Lo habéis pospuesto?

—Te vi mal esta mañana. No me gustó lo que dijiste, lo que diste a entender sobre mí y Azu. Te quiero, Diana, y no puedo permitir que pienses que voy a serte infiel con nadie. Eso no sucederá jamás.

»No esperaba encontrarte otra vez así. De nuevo con esa maldita investigación que te está robando la vida. Estás obsesionada. Entiendo tu frustración, que quieras saber más, que intentes buscar a tus padres, pero tienes que ser realista: te dejaron en ese cajón del mismo modo que pudieron hacerlo en cualquier otro sitio. Nadie supo jamás quién lo hizo. Es prácticamente imposible que se pueda seguir una investigación así, sin ningún rastro. Te has empeñado en que ese cajón es una pieza original y que tiene un significado oculto, pero la madera es de pino. Puedes encontrar piezas así en muchos mercadillos. Además, aunque fuese antigua, no significa que tenga el valor material o histórico que tú te empeñas en atribuirle.

A punto estuve de decirle que ese cajón no era el mío, que el mío se había quedado en aquel ático, en el altillo del armario del dormitorio, pero no podía ni debía hacerlo. Era evidente que, como había sospechado, mi comentario sobre su compañera de trabajo había creado una paradoja de consecuencias imprevisibles. De hecho, ya había variado acontecimientos importantes. Alán no se había quedado a hacer el inventario. Estaba en casa, preocupado por mi estado de ánimo.

—Puede que tengas razón —le respondí—, quizás deba descansar un tiempo.

—No estaría nada mal. Quiero recuperar a mi chica. No te has dado cuenta, pero te estás yendo de mi lado poco a poco y te echo en falta. —Se arrodilló junto a mí y apartó un mechón de mi cabello, que me tapaba los ojos.

—Lo sé, es lo único que puedo decirte, que entiendo tu impotencia, pero te pido que también tú entiendas la mía —le dije mirándolo fijamente.

—Escocesa, eres preciosa. —Él tampoco dejaba de mirarme, y yo me estremecí. Lo hice porque echaba en falta sus dedos sobre mi piel y sus ojos recorriendo mis labios, pero también porque, cuando me llamó escocesa, recordé a Desmond y me dolió hacerlo—. Anda, vístete. Nos vamos. Hay luna llena y sé de un sitio donde podemos contemplarla mientras cenamos.

—No creas que tengo muchas ganas de salir —expuse mientras seguía apilando los folios esparcidos por el suelo del salón en un solo montón.

—No acepto una negativa, necesitas que te dé el aire. Además, tengo una sorpresa: he localizado al propietario de la tienda de los cristales. Lleva tiempo cerrada, porque la dueña falleció a los pocos meses de que yo comprase tu colgante, pero su hijo me atendió por teléfono y quedé con él a la hora del almuerzo. Es un tipo de lo más peculiar, se parece a Danny DeVito. Es tan encantador y divertido como los personajes que suele interpretar el actor.

—¿Has estado en la tienda? —le pregunté, sorprendida y nerviosa.

—La abrió para mí. Me ofreció el cristal que quisiera, pero le dije que prefería que fueses tú quien lo eligiese.

—Debe de ser muy amable —le comenté.

—Sí que lo es, pero creo que no está muy bien.

—¿A qué te refieres?

—Habla de su madre como si no hubiera muerto. Incluso me dijo que la buena mujer vivía en uno de los áticos, aunque poco antes había manifestado que falleció aproximadamente a los pocos meses de que yo adquiriese tu colgante. Muy normal no es, eso puedo asegurártelo.

—Quizás no esté muerta para él. La muerte y la vida son muy relativas —le respondí.

—Si tú lo dices... La madre le dejó una buena herencia, no solo el edificio donde está la tienda, también varias plazas de parquin en la capital que le dan unos beneficios que para mí los quisiera. Vamos, que herencias así mantienen con vida a cualquier muerto. Con todo lo que le ha dejado, yo la canonizaría o la convertiría en diosa pagana.

»Resumiendo, terminamos almorzando juntos. Me comentó que tenía todos los pisos alquilados menos uno de los áticos y que hacía unos días habían entrado en él y lo habían destrozado. Forzaron la ventana de la terraza y desmontaron los armarios como si estuvieran buscando algo. Le pregunté si tendría posibilidad de alquilárselo. —Alán guardó silencio a la espera de que yo le dijese algo.

—¿Y? —le pregunté, encogiéndome de hombros.

—Subimos a verlo. Habría que pintar, arreglar la ventana de la terraza porque después del robo no cierra bien y vibra el cristal, comprar algunos muebles, pero merece la pena.

»Tiene un salón tan grande como todo este piso, aunque lo mejor es la terraza. Podríamos instalar un telescopio para que todas las noches vieras la luna y siguieras sus ciclos. Y si decides dejar de volar, que no digo que lo hagas —puntualizó al ver la cara de mala uva que le puse—, tu ala delta cabría en la terraza. Con el tiempo, podríamos tirar los tabiques y convertirlo en un *loft*. No creo que Antonio nos pusiera pegas, porque solo aspira a tener todos los pisos alquilados y no preocuparse del mantenimiento. El precio es la mitad de lo que nos cuesta este. Además, seguiremos cogiendo el metro en la línea 6, la circular. Es como si nos hubiera tocado la lotería; justo lo que ambos andábamos buscando. El destino, es el destino, estoy seguro. He quedado este fin de semana para ir a verlo juntos. —Me quitó el cepillo del pelo de las manos. Me recogió la melena con la mano derecha y con la izquierda me acercó a él y, mirándome fijamente a los ojos, me besó en los labios.

Mientras me besaba, sin quererlo, sin proponérmelo y sin saber por qué, volví a pensar en Desmond. Lo hice durante aquel beso que me supo diferente y antes de que sus labios rozasen los míos, también mientras me describía aquel ático que tanto le había gustado y al que esperaba nos trasladásemos. El ático en el que yo había comenzado a construir una nueva vida después de que él me dejase por Azucena.

Capítulo 22

Los acontecimientos comenzaban a precipitarse sin que yo pudiese hacer nada para evitarlo, como si un hilo invisible tirase de mi vida y la condujese, irremediablemente, al mismo lugar. Pero el futuro, aquel en el que yo había vivido, ya no existía. Era imposible que llegara a ser el mismo, pensé recordando lo que le había dicho a Alán sobre Azucena, su compañera de trabajo, y volví a recriminarme lo impulsiva que había sido. Mi vida parecía seguir siendo igual a la que era antes de conocer a Elda, Ecles y Desmond. Solo lo parecía, porque yo ya no era la misma de entonces; había cambiado. Mis sentimientos, mis anhelos y mis metas ya no eran los mismos. El amor que sentía por Alán seguía vivo, pero estaba malherido.

Aquella noche, mientras él dormitaba en el sofá después de nuestra cena a la luz de la luna, yo me quedé en el balcón con una copa de vino en la mano, brindando al aire por mis amigos, a los que tanto extrañaba. Apagué las luces del salón, bajé el volumen del televisor y volví al balcón con mi teléfono móvil para escribir un mensaje a Samanta.

Cuando te vayas te echaré en falta. No sé con quién podré compartir tantas y tantas cosas. A quién le hablaré sobre la soledad que a veces ocupa mi vida. Te quiero, amiga.

Lo hice sin poder evitar sentirme triste, terriblemente triste y sola en aquella casa, con Alán durmiendo, ajeno y, en cierto modo, indiferente a mi soledad.

Ella no tardó en contestar:

Te llamo.

—A ver, cuéntame lo que te sucede —me dijo Samanta a través de la línea telefónica—. Y no te consiento que me digas que nada, porque sé que no estás bien. Te hacía tomando copas con Alán.

—Está durmiendo —le respondí.

—¡Qué divertido! —exclamó irónica—. ¿Qué te parece si le echas una colcha por encima para que no se nos destemple, te paso a buscar y nos fugamos a la sierra a tomarnos una copa? Conozco un sitio nuevo que cierra al amanecer, como en la peli de Tarantino. Igual hasta encontramos a algún vampiro que se merezca nuestra yugular. ¿Qué me dices?

—Estás fatal —le dije—. ¿Cómo voy a dejarlo aquí, sin despertarlo? Además, mañana madrugamos.

—Lo de madrugar es una excusa barata. Y lo de Alán, un chantaje emocional voluntario por tu parte, una cesión de tu tiempo y tu atención que no se merece. Salís a cenar y a la vuelta se duerme... Pues déjame que te diga que no tiene perdón y mucho menos se merece que ahora te preocupes de él. Ponle una mantita por encima. Déjale a mano el botón del pánico, el de emergencia, por si se despierta y se sobresalta. Anda, arréglate un poquito y vámonos...

Sorprendiéndome a mí misma, hice lo que me había indicado mi amiga y no tardamos en reunirnos.

—Que conste que eres la responsable de este desbarre. Te echaré la culpa de todo —dije al entrar en el coche.

—Le dejaste el botón a mano, ¿verdad? —me dijo riéndose—. Fuera bromas, dime, ¿qué te pasa?

—No lo sé. Nuestra relación se deteriora a pasos agigantados —le respondí.

Me habría gustado confiarle toda la verdad, lo deseaba y lo necesitaba, pero solo le conté parte de ella porque no podía hacerle partícipe de lo que me había sucedido en realidad. No quería que el futuro cambiase aún más de lo que ya lo había hecho.

—No le des muchas vueltas. No merece la pena, pocas cosas tienen tanto valor como para que dejes que te quiten el sueño. Deja que todo suceda por inercia. Ya sabes, siempre te lo digo: la inercia funciona estupendamente cuando se tienen dudas. Porque imagino que quieres seguir viviendo con él, que aún le quieres. Dime que no me equivoco.

—Sí, por supuesto que le quiero, pero no sé..., nuestra relación no es la misma. Algo ha cambiado y no acierto a saber qué es —le expliqué.

—Si te soy sincera, el hecho de que ahora esté durmiendo es muy significativo. Si se abandona de esa forma, está claro que tú te irás yendo y, cuando menos se lo espere, ya no estarás ahí, aguardando a que se despierte. Es lo que suele pasar. La vida nos come poco a poco y en silencio. La mayoría de las veces nos acomodamos, dejamos de luchar y, cuando abrimos los ojos, ya es demasiado tarde, porque lo que pensábamos que era una cabezada se convirtió en una señora siesta de pijama y orinal. Creo que Alán se ha acomodado. Eso, o hay otra persona. Ahora lo que me preocupa es irme y dejarte así, encogida como una niña pequeña, esperando su atención.

—Estaré bien. Pase lo que pase, lo estaré. No tienes por qué preocuparte. Sabes que te tendré al tanto de todo, pero no creo que mi vida varíe mucho —le dije nada convencida, pero intentando convencerla a ella.

—Te voy a dejar las llaves de casa. Si por cualquier motivo te ves en la necesidad de irte a vivir allí, no lo dudes. No tienes ni que llamarme. Y no lo digo solo por Alán, también por esta empresa chapucera en la que trabajamos. Ya sabes que en los mentideros se comenta que van a hacer una reducción de plantilla. Si es así, es evidente quiénes van a ser los primeros en caer. Ah, por cierto, ¿te llegó la documentación que le solicité a mi amigo?

—Sí, sí, perdona, se me olvidaba decírtelo. ¡Qué calladito lo tenías! Fue una sorpresa enorme. ¿Cómo localizaste ese estudio?

—Eso pretendía, que fuese una sorpresa, y veo que lo he conseguido. Se lo pedí hace tiempo, cuando vi los símbolos de tu gaveta. Recordé que ya los había visto antes, pero no sabía exactamente dónde hasta que, haciendo memoria, me vino a la mente que fue en Escocia, en la facultad, en unos apuntes que tenía él sobre su mesa —me explicó sonriendo.

—Es un informe completísimo. Un trabajo de investigación de años. Por cierto, te manda recuerdos.

—La información no era de él. Bueno, en parte sí. La realizaba con un amigo que, desgraciadamente, desapareció en circunstancias bastante extrañas. Estoy segura de que si su colega siguiera vivo y supiese de la existencia de tu cajón, no dudaría en venir a España para examinarlo. Incluso él lo haría. O sea que ándate con ojo y no le comentes nada de tu gaveta, a no ser que quieras tenerlo detrás de ti a todas horas. Además, puede darse el caso (bastante probable, por cierto) de que tu gaveta sea más antigua de lo que pensamos. En ese caso podrían requisártela. Nunca se sabe, igual es una pieza desaparecida de algún museo. O sea que... ¡chitón! —exclamó, y se llevó el índice a los labios.

—Eres estupenda —le dije, dándole un beso en la mejilla.

—Se hace lo que se puede...

Cuando regresamos ya tarde, sin mordisco en la yugular y con más sueño que vergüenza, Alán seguía en el sofá. Rompí la nota que le había dejado diciéndole que salía a tomar una copa con Samanta, y me acosté sin él.

***

Al levantarme por la mañana descubrí que Alán ya se había marchado a trabajar. Me había dejado la cafetera conectada, el zumo de naranja sobre la mesa del salón y un folio al que había dado forma de ala delta con un «te quiero» escrito en tinta de color azul. Un azul algo desteñido, como él. Aquello me supo a disculpa, a los remordimientos que seguramente tuvo al levantarse y recordar que me había dejado tirada tras una cena que debía ser el preámbulo de una noche de velas, vino y sábanas con olor a sexo y rosas, pero que se había convertido en una siesta, como dijo Samanta, de pijama y orinal. Una siesta que me alejó aún más de él.

Aquella mañana decidí que me centraría en la información del dosier, pero esta vez lo haría sin comentarle nada a Alán. Ni a él ni a nadie, pensé, recordando la advertencia que me hizo Duncan el primer día que lo conocí. Él me previno que no todos los que buscaban el evangelio de las brujas tenían las mismas intenciones que él. Por ello, para que todo llegase a buen término, decidí comenzar a volar en soledad.

Necesitaba recuperar mi cajón y el libro para comprobar si eran los mismos objetos de los que hablaba la documentación que me había mandado el amigo de Samanta, pero aún no sabía cómo iba a hacerlo. Se habían quedado en el ático de Argüelles y no tenía la certeza de que aún estuvieran allí; pero si seguían en aquel altillo, podría acceder a ellos, pensé esperanzada.

Por inercia, como decía Samanta, los acontecimientos me conducían de nuevo a aquel lugar. Lo hacían de otra forma, en otras circunstancias, esta vez de la mano de Alán, pero aquello era lo de menos, lo importante era recuperarlos. Y así, por inercia, pasé la mayor parte del día en la oficina, dejándome llevar y pensando que, durante muchos años, todo había estado frente a mí, a la vista, pero yo me había negado a verlo. Todo pasa por algo, me dije. Queramos o no reconocerlo, todo tiene un sentido y un porqué. Si mi cajón y el libro eran los mismos de los que hablaba Duncan en su trabajo, probablemente yo era una descendiente directa de Aradia y mi libro podía ser el verdadero evangelio de las brujas, custodiado en el más estricto secreto durante siglos. Aquello podría conducirme a tener al fin respuestas a las preguntas que me había hecho durante toda mi vida, podría llevarme a entender el motivo de que me abandonasen a la entrada de un hospicio, pero posiblemente también me abocaría a cruzar una puerta en la que la realidad mágica, la brujería y la sed de poder se daban la mano peligrosamente.

CAPÍTULO 23

Tomé un taxi para regresar a casa. Me sentía saturada por todo lo ocurrido en los últimos días y no quería propiciar otro encuentro en aquellos túneles que me angustiara aún más. Durante aquel mes había vivido demasiados incidentes, demasiados cambios, y había asimilado demasiada información. También había sentido y dejado de sentir demasiadas veces y en muy poco tiempo, pensé levantando la mano para detener el taxi que circulaba con la luz verde encendida.

Al llegar a casa, encontré la puerta abierta y a *Senatón* inmóvil sobre el felpudo marrón, quieto como si fuese una esfinge.

—Pero, bichito, ¿qué ha pasado?, estás temblando. —Lo cogí en brazos y empujé la puerta con la punta del zapato, despacio y sin entrar—. ¿Hay alguien ahí? —pregunté, alzando el tono de voz.

Nadie respondió. Dejé la puerta abierta y, con *Senatón* en brazos, entré. El suelo del salón estaba cubierto por infinidad de pedazos de papel. Eran fragmentos de los cuatrocientos folios que componían el dosier con la información sobre la historia de Aradia y Alice Kyteler. Todo el material estaba hecho pedazos, que habían diseminado por toda la estancia. Los trocitos eran tan diminutos que, de no ser porque los cortes eran desiguales, cualquiera habría pensado que habían introducido las páginas en una trituradora de papel. Además, los laterales de la gaveta que me había regalado Ecles estaban desprendidos de la base y parecía que los habían lijado. Y el libro, aquel libro idéntico al mío, estaba al lado de la ventana de la terraza, en el suelo, sobre una bandeja de metal que no reconocí. Lo cubría un líquido rojo, de un rojo encarnado que me recordó a la tinta del bolígrafo del hombre de la gabardina, el mismo que se burló de mí y me amenazó. El texto que había escrito en él no existía, se había fundido con las hojas, que habían quedado convertidas en una masa blanca. Parecían plástico que se hubiera derretido y luego solidificado. Las tapas rojas mostraban el mismo aspecto, y al mirarlas me recordaron al lacre cuando es sometido a una fuente de calor y luego se enfría. El libro estaba completamente deformado, como si se hubiese encogido sobre sí mismo después de expandirse dentro de la bandeja. Intenté recoger una muestra de aquel líquido. Si, como me había parecido al verlo, tenía la misma composición que la tinta del bolígrafo de aquel extraño individuo, quizás cuando recuperase mi libro y la gaveta podría poner un poco de él sobre una página y ver qué sucedía. Cogí una de las jeringuillas que tenía para la repostería. Me agaché junto a la bandeja y la acerqué con cuidado al líquido, pero no puede introducirla en él, porque cuando la boquilla rozó el líquido, este se endureció. Lo intenté varias veces con el mismo resultado: en el instante en que la jeringuilla lo rozaba, el líquido se convertía en una masa compacta y dura. Se contraía para, acto seguido, solidificarse. Se me antojó que tenía vida propia y se estaba defendiendo. Me armé de valor e intenté tocarlo con los dedos. Introduje primero el índice, después el resto. Al ver que no experimentaba ningún cambio, decidí echarlo en otro recipiente, pero esta vez con las manos. Cogí una botella de cristal y, ahuecando la palma, recogí un poco, pero cuando tocó la boca de la botella se solidificó, convirtiéndose en una masa dura y sin vida, y formó un arco desde mi mano hasta el vidrio. Lo deposité en el suelo, junto a la bandeja. Durante unos minutos permanecí pensando qué hacer. No quería que Alán lo viese, debía retirarlo antes de que él llegase. Podría haberme deshecho de todo aquello, pero prefería comprobar con más tiempo y tranquilidad qué era aquella sustancia. Fui a la cocina y cogí una tartera. Saqué aquella masa amorfa en la que se había convertido el libro de la bandeja y la puse en el suelo. Me sorprendió comprobar que de él no chorreaba ni una sola gota de la sustancia en la que había estado sumergido. Incliné la bandeja sobre el recipiente de plástico. El líquido cayó dentro de la vasija y, al entrar en el recipiente, se unió a él. Los laterales de la tartera y su base pasaron de ser plástico transparente a convertirse en una materia roja similar al metal que se movía e iba adoptando una forma redonda. Vi que giraba sobre sí misma en el suelo, como si fuese una vasija de un alfarero sobre el torno y unas manos invisibles lo estuvieran modelando. Cuando el movimiento cesó, la tartera había perdido su forma cuadrada y se había convertido en un bol redondo. Le di un golpecito con los dedos. El sonido que produjo fue metálico y casi ensordecedor. Se repitió durante unos segundos como el eco de un cuenco tibetano al ser golpeado con el mazo de madera. Me recordó al que produjo mi libro cuando se precipitó al suelo después de que *Senatón* lo tirase de la estantería. Cogí aquella especie de arco que se había formado al intentar verterlo en la botella de cristal y lo introduje en el cuenco. Entonces el bol comenzó a girar de nuevo hasta que el trozo que yo había metido desapareció y pasó a formar parte de aquel cuenco rojizo, de apariencia metálica. Su superficie era brillante y tan hermosa como la luna de sangre que la persona o personas que estuvieron en el piso habían pintado sobre el cristal de la ventana de mi salón.

Recogí todos los pedazos de papel, los restos del libro, la bandeja y lo introduje todo en una bolsa de basura. Después limpié el cristal de la ventana del salón para borrar aquella luna de sangre que parecía una advertencia, una amenaza contra mí, y aireé la casa. Finalmente volví a la puerta de entrada, quería comprobar el estado de la cerradura, si había sido forzada, pero parecía intacta. Comprobé la hora en mi teléfono móvil, cogí la bolsa de basura y bajé a la calle para echarla al contenedor. Debía darme prisa, Alán estaba al llegar y no quería que encontrase ni un solo rastro de lo que había sucedido.

Cuando fui a depositar la bolsa con los trozos del dosier en el contenedor de cartón y papel, no pude evitar recordar a Desmond. Cerré los ojos y lo imaginé en la cabina de su DeLorean. Lo vi dirigiendo el remolque que levantaba aquel inmenso contenedor lleno de palabras, de pensamientos y sueños rotos o por cumplir, un mar de palabras que él recogería y desplazaría hasta otra costa donde las olas romperían sobre ellas con voracidad hasta hacerlas desaparecer. Me imaginé dejándole un mensaje en uno de aquellos papeles o sobre la superficie de alguno de los cartones que llenaban el contenedor, como si fuese el mensaje de un náufrago lanzado al mar dentro de una botella. Saqué uno de los pedazos de papel de la bolsa, lo apreté entre mis manos y pensé en lo que le escribiría: «¡Te echo en falta!». Solo le diría eso, nada más. Sabía que para él sería suficiente, lo entendería, pensé. Abrí la mano y miré el papel. Sobre la superficie vi aquel pensamiento, aquel «te echo en falta». Lo había escrito yo. Sonreí y lo introduje en el contenedor deseando que le llegara.

***

Al día siguiente me despedí de Samanta en la terminal T4 del aeropuerto Adolfo Suárez Madrid-Barajas. Lo hice del mismo modo y con la misma tristeza que la otra vez, en aquel futuro que se me había escurrido de entre los dedos, lejano y que acaso no volviera repetirse.

—Te echaré de menos —me dijo.

Nos abrazamos emocionadas.

—Todo irá bien. No olvides llevar tu coche, por si tienes que volver en cualquier momento. Ya sabes, independencia por encima de todo —le dije.

—No creo que me dé tiempo a ningún tipo de escarceo. Los hombres siempre restan tiempo y dan problemas. Aunque, la verdad, no me importaría hacer un receso de vez en cuando, siempre que el tema no sea serio, ya sabes, no quiero compromisos vitalicios. Soy un alma libre de cargas, sobre todo si estas son contractuales.

—Nunca se sabe —respondí sonriente. Sabía que Samanta encontraría en Egipto el amor que llevaba buscando desde hacía tiempo, por más que se negara a reconocerlo.

—Si finalmente te mudas con Alán, mándame fotos. Quiero ver ese ático. Eso sí, ni se te ocurra sacar el ala delta del club de vuelo, porque si le haces caso a Alán, no volverás a volar con ella. Eso te mataría, mataría tu libertad. Eres un alma libre, como yo...

No pudimos continuar hablando porque el resto de sus compañeros llegaron adonde estábamos nosotras, al punto de encuentro de todos los que iban a la excavación.

Cómo había cambiado todo, me dije mientras salía de la terminal. Mi vida se encaminaba hacia un futuro más incierto de lo habitual, conocido, pero inestable como un puente colgante de madera sujeto por sogas endebles, demasiado débiles como para soportar los envites de los extraños acontecimientos que en los últimos días acaecían cerca de mí. Al menos ella, Samanta, mi amiga, encontraría en Egipto la estabilidad y el amor que todo ser humano necesita para vivir, para ser feliz, pensé con una sonrisa.

Me mandó un *whatsapp* a los cinco minutos, cuando yo aún no había salido de aquella inmensa terminal. Escribió «TE QUIERO» en mayúsculas y lo acompañó de varios emoticonos de escobas y paraguas rojos, nuestros símbolos. Yo no pude hacer otra cosa que pararme, apoyarme en la pared y llorar ante la mirada de algunas de las personas que pasaban a mi lado, mientras mi bolso se llenaba de pétalos de rosa. Eran rojos, rojos como la luna de sangre, como el paraguas de la portada del libro que Alán me regaló, como la vela de mi ala delta.

CAPÍTULO 24

Cuando Alán y yo llegamos a la cita con el propietario del ático, descubrí que todo estaba igual a como lo recordaba: el ascensor con su puerta metálica y obsoleta, las escaleras en forma de caracol con la barandilla de madera, vieja pero brillante. Antonio había estado esperándonos sonriente en la acera, junto a la puerta del portal, ataviado con aquel traje verde pistacho y sus peculiares zapatos de claqué.

Una vez Alán nos hubo presentado, el hombre me miró fijamente y, pensativo, me tendió la mano y dijo:

—¿Es usted escocesa?

Yo lo negué, como solía hacer cuando alguien me lo preguntaba, aunque en aquellos momentos, después de todo lo vivido, las dudas comenzaban a asaltarme. Quizás al final todos iban a tener razón y lo era, pensé, sonriendo a Antonio y recordando la documentación del dosier de Duncan y mis conjeturas sobre ella. Recorrimos las estancias siguiendo los pasos de Antonio y escuchando sus indicaciones. Finalmente los dejé a ambos ultimando los detalles del contrato de arrendamiento y salí a la gran terraza. Me apoyé en la valla de ladrillo y contemplé aquella vista que tantos recuerdos me traía. Extrañé la vela roja de mi ala delta plegada en el suelo y a Desmond observándome desde su casa. Me pareció oír que decía: «¡Escocesa, estoy aquí! ¿Es que no me ves?». Sabía que a aquellas horas tempranas Desmond no podía estar allí, bajo aquel sol de justicia que comenzaba a caer implacable sobre las losetas de barro cocido que formaban el piso de la terraza, pero me di la vuelta como un resorte. La persiana de la casa permanecía bajada, como si dentro no hubiese nadie. En una de las paredes laterales había dos palés apoyados, recién barnizados. Sonreí recordando a Ecles. Volví la vista hacia la calle y contemplé el escaparate y la puerta de la floristería. Amaya aún no estaba allí. Solo atendía el negocio familiar durante la tarde, después de la facultad. Suspiré y cerré los ojos al tiempo que el aire salía de mis pulmones. Había vuelto a casa, pensé emocionada. Ahora solo era cuestión de tiempo, de esperar. Recuperaría a mis amigos, tenía que recuperarlos, me dije.

—Viven de noche y duermen de día —comentó Antonio, señalando la terraza de Ecles y Desmond. Había salido a la terraza con Alán y, al verme mirar hacia la ventana de los vecinos, comenzó a hablarme de ellos—. Su apariencia es tan peculiar como sus horarios, pero cuando los conozcáis —puntualizó mirándonos a los dos— estoy seguro de que os caerán bien. Uno es conductor de un camión de basuras y el otro, vigilante nocturno. Son trabajos muy apropiados para su físico, porque, la verdad, no son muy agraciados. Pero ya os digo que son muy buena gente. Desmond, el basurero conductor, lleva años cuidando de la casa de mi madre —explicó, señalando la terraza derecha que lindaba con la nuestra—. Se encarga de limpiar el polvo, ventilar y demás. Tiene llaves de la casa, pero entra por la terraza cuando ya ha oscurecido porque es alérgico, creo que me dijo que es albino. A mí me hace un favor impagable, porque soy incapaz de entrar en la casa desde que ella falleció. Con sus horarios lo mismo ni os veis.

Me di la vuelta y le dejé hablando con Alán. Fui hacia el dormitorio en busca del altillo donde había dejado mi gaveta y el libro, pero el armario ya no tenía maletero.

—Es el único que hay en el piso y no está vestido, pero es algo que estos edificios no suelen tener..., me refiero a armarios empotrados. Mi madre se empeñó en hacerlos en todas las habitaciones —explicó Antonio, que estaba detrás de mí, observándome—. Ya le he dicho a tu novio que es el único inconveniente de la casa, bueno..., y que esté sin amueblar.

—Y la pintura —le dije, mirando las paredes.

—Sí, sí, y la pintura. Tuve que lijar las paredes porque unos desalmados entraron hace unos días, por eso tienen este aspecto tan desaliñado. No gano para sustos y averías. Antes de esto se produjo una rotura que inundó el dormitorio. Cuando ya lo tenía todo arreglado, entraron esos gamberros y llenaron las paredes de dibujos. Las dejaron cubiertas de esas guarrerías que ahora llaman arte pero que en realidad no son más que un despropósito. El que lo hizo, o los que lo hicieron, debían de ser aficionados a la astrología o adoradores de la luna, porque pintaron todos los ciclos lunares. Representaron las fases de la luna en todas las habitaciones, una tras otra, como si las paredes fuesen un calendario lunar. Ah, y pintaron una enorme luna de sangre ahí —dijo, señalando una de las paredes del salón—. La policía me dijo que estos gamberros sin oficio ni beneficio que entran en las casas ajenas se dedican a dejar su firma con ese espray guarro que también utilizan para ensuciar la ciudad.

Al escucharle no pude evitar recordar la luna de sangre que habían pintado en mi piso y relacioné los dos incidentes. Estaba segura de que habían sido las mismas personas y que con toda probabilidad buscaban lo mismo: mi cajón y mi libro.

—Ya le he comentado a Antonio —dijo Alán, dirigiéndose a mí— que nos gustaría que estuviera pintado antes de entrar.

—Sí, no os preocupéis por eso. Una de mis inquilinas pinta fachadas en una empresa, pero también hace encargos por su cuenta en algunas casas. Ya he hablado con ella. Eso sí, le he pedido que lo pinte todo de blanco, es más económico y si con el tiempo queréis cambiar el color será más fácil.

—Por mi parte está bien —le respondí, y miré a Alán, que asintió con un movimiento afirmativo—. Y bien, entonces ¿cuándo podemos entrar a vivir? —le pregunté.

—Pues estaría todo listo la primera semana de agosto, pero si queréis os puedo dar las llaves hoy mismo y así podéis ir tomando medidas para los muebles e incluso traer lo que queráis. Y, por supuesto, esos días no os los cobro.

—Veo que el armario no tiene altillo —dije cambiando de tema—. Es una pena, porque los altillos de los armarios son muy socorridos para guardar infinidad de cosas.

—Lo tenía —respondió, señalando el interior y mirando hacia arriba—. Pero lo quité. Fue a consecuencia de la rotura de la que os he hablado. Uno de los canalones de bajada pasa por el interior. —Indicó la tubería—. Tuve que picar la pared, porque se atascó e inundó todo. Lo he dejado sin altillo porque, si vuelve a suceder, la tubería estará a la vista y me ahorraré la factura del albañil.

Teniendo en cuenta lo que acababa de relatar Antonio, era evidente que el altillo ya no estaba cuando los grafiteros entraron en el ático. Aquello, en cierto modo, me tranquilizó, porque si las personas que habían hecho los dibujos en el ático eran las mismas que habían entrado en mi casa, y todo indicaba que probablemente fuera así, no habían tenido acceso a la gaveta ni al libro, pensé esperanzada. Pero cabía la posibilidad de que cuando se produjo la rotura estuvieran allí. No podía preguntarle a Antonio si en aquel altillo hubo alguna vez un cajón de madera y un libro, porque mi pregunta no habría tenido sentido ni razón de ser. Además, seguro que Alán pondría el grito en el cielo al ver que yo volvía a las andadas, porque eso sería lo que él interpretaría si le hacía aquella pregunta a Antonio.

—Bueno, entonces ¿te gusta? —me preguntó Alán.

—Sí, claro que me gusta —le respondí.

163

—Pues todos contentos —resolvió Antonio, tendiéndonos la mano a ambos—. Vayamos a por el colgante de la señorita —dijo mirando a Alán—. No quiso elegirlo hasta que usted no estuviera —me explicó sonriente.

—No es para mí —le dije.

—Enséñale el tuyo —me pidió Alán—, a ver si tenemos suerte y encontramos alguno lo más parecido posible. Lo quiere para una amiga.

—No lo tengo. Se lo di a Samanta en el aeropuerto. No daba tiempo a regalarle el que pensábamos comprar y quería que lo llevara puesto. Espero que no te importe. Cuando regrese me lo devolverá y yo le daré el que le compremos ahora.

Le mentí porque no podía decirle que mi colgante había desaparecido con la gaveta y el libro. No me habría creído y preferí que se enfadase a que volviera a insinuar que estaba obsesionada con aquellos objetos que para él no eran tan importantes como para mí.

Me miró fijamente, clavó sus pupilas en las mías, apretó los labios y esbozó una sonrisa agria.

—Lo siento mucho, no creo que encontremos uno igual, porque las piezas son únicas —dijo Antonio, mirándome de soslayo, imaginando el lío en el que me había metido al dar el colgante a Samanta—. Pero podemos buscar uno similar —dijo mientras abría la puerta del local. Extendió el brazo, se apartó ligeramente a un lado y nos indicó que pasáramos.

No recuerdo el tiempo que permanecimos dentro de la tienda que había sido de la madre del casero. Solo conservo una imagen borrosa y distorsionada de Alán y Antonio hablando, así como de las cajas con el interior forrado de raso rojo que este último iba sacando y depositaba sobre el gran mostrador de madera, antes de abrirlas para señalarme las piedras que contenían a fin de que yo me decantase por una de ellas. Tampoco sé cómo ni cuándo elegí aquel cristal malva con forma de media luna para Samanta. Lo único que aún permanece vivo en mis recuerdos es la figura del hombre de la gabardina y el sombrero. Estaba en la acera de enfrente, junto a la puerta de la floristería de Amaya, desde donde observaba el escaparate de la tienda de Antonio con sus ojos de mirada fría y oscura. Parecía estar midiendo los pasos o la distancia para, en cualquier momento, echar a correr hacia la ventana, pensé observando su extraña quietud y la fijeza de su mirada en el cristal del escaparate. Y así fue. De repente echó a correr. Cruzó la calle en un instante impreciso en el que me pareció que atravesaba los coches que pasaban justo entonces. Fue como si su cuerpo fuese inmaterial, como si no existiera. Se detuvo en seco, a unos pasos del escaparate, como si algo lo hubiese frenado de golpe. Yo respiré aliviada porque sabía quién era y que tal vez había vuelto a buscarme. Lo intentó varias veces, pero ninguna de ellas pudo acercarse lo suficiente al cristal como para tocarlo. Sin embargo, no se dio por vencido y siguió intentando, una y otra vez, llegar al vidrio tras el que yo estaba, al tiempo que estiraba sus dedos largos y delgados. La última vez que lo probó lo miré fijamente, buscando en la profundidad de sus ojos aquella amenaza que me había lanzado y las burlas de las que yo había sido objeto. Sonrió, estiró los dedos en un movimiento que se asemejó al de las garras de un felino y se encaminó hacia la entrada del local. Pensé que entraría, pero le sucedió lo mismo que con el ventanal: no pudo acercarse a la puerta, se quedó estático a unos pasos de ella.

—Viene a veces por aquí. Es inofensivo, debe de padecer algún tipo de trastorno. No hay más que ver cómo va vestido, como si fuese invierno —me dijo Antonio al ver que yo no le quitaba la vista de encima al hombre.

—Ven, deja de mirarlo tú también. Lo mismo se molesta —me indicó Alán—. En estos casos es mejor no prestar atención.

Durante unos segundos el individuo clavó sus ojos en la entrada del local, bajo el dintel, y acto seguido comenzó a caminar alejándose de la tienda. Me agaché en el hueco de la puerta y pasé los dedos por el suelo. Las yemas se llenaron de un polvo rojizo que parecía arcilla.

—¿Qué es esto? —le pregunté a Antonio, y se lo mostré.

—Es polvo de ladrillo. Mi madre lo ponía en la entrada y en las ventanas, tanto aquí como en su piso. Ah, y también en el escaparate —dijo señalándolo—. Es que ella creía en los conjuros de protección y, por supuesto, en las brujas. Decía que el polvo de ladrillo protegía las casas y evitaba que entrasen espíritus malignos o indeseados, que era una barrera contra el mal. Yo sigo manteniendo su rito. Ella aún está aquí, al menos lo está para mí, y debo seguir protegiéndola. Se lo prometí, le dije que lo haría siempre.

Capítulo 25

Aquellos últimos días, antes de trasladarnos al ático, pasaron entre cajas repletas de libros, vinilos y CD repartidas por el suelo del apartamento, con la mayoría de la ropa guardada en los armarios de cartón que nos había proporcionado la empresa de mudanzas. Nuestras voces resonaban en aquella casa de paredes vacías, despojadas de cuadros, fotos y recuerdos. Alán y yo apenas nos veíamos y, cuando lo hacíamos, solíamos caer uno al lado del otro en el sofá, rendidos de cansancio. Sus horarios, los del sector *retail*, seguían siendo un disparate para la vida en pareja.

Yo dejé de hablar de mi cajón, del libro y de aquella investigación sobre mi pasado, y Alán también parecía haberse olvidado de ello. Sé que fue un respiro para él, una especie de tregua por mi parte que le dio tranquilidad, que le quitó un problema de encima, el de mi estabilidad emocional. Nuestra vida tomaba otra ruta. Aquel itinerario era nuevo para ambos, diferente para cada uno de nosotros. Alán planeaba llevar una vida más acomodada, libre de números rojos en la cuenta corriente, de aquellos descuadres a final de mes que le ponían de los nervios. Soñaba con montar una zona para escuchar música en aquel inmenso salón, con alguna que otra fiesta en la terraza y en la posibilidad de cambiar de coche, mientras que yo..., yo esperaba recuperar mi vida, la que había construido con Elda, Ecles y Desmond. Me daba igual el color de los números

ANTONIA J. CORRALES

de la cuenta corriente, la ausencia de cenas y copas, dentro o fuera de casa, o si el coche tenía un motor más o menos potente. Quería vivir como lo quería él, pero de otra forma, en otro contexto y con otras prioridades.

Aunque en apariencia estaba más pendiente de mí, sus idas y venidas con Azucena siguieron siendo diarias. La recogía para ir a trabajar y la llevaba a su casa al final de la jornada. Era evidente, pensé, que tarde o temprano terminaría surgiendo entre ellos una relación, que él me dejaría como ya lo había hecho en aquel futuro que había vivido antes de tiempo. Pero esta vez no me dolería como entonces porque, en cierto modo, yo ya me había marchado. Lo había hecho hacía tiempo, tras las palabras de Elda y con la inocencia inteligente de Ecles. Me fui en el momento en que comprendí que deseaba contar estrellas sentada en el DeLorean, junto a Desmond.

Nos trasladamos a primeros de agosto, con un calor de justicia y con mi ala delta que, desmontada y con la vela plegada, se dejaba subir como un pájaro herido, enganchada a una polea, por la fachada del edificio. Quise llevarla conmigo. Con ello pretendía reproducir aquellos acontecimientos que no parecía que fueran a volver. Quise engañar al tiempo y así propiciar que Desmond, al ver la vela roja, supiera que había regresado y, tal vez, despertar en él algún recuerdo que poco a poco lo devolviera a mí.

—No entiendo por qué tienes que llevarla ahora. Aún podemos pagar el alquiler del club de vuelo. Por el momento no es un gasto excesivo. Incluso nos vendría mejor. En la terraza ocupará un sitio innecesario y estará a la intemperie —insistió Alán, pero yo hice caso omiso a sus palabras.

Para él mi ala delta era un estorbo. Lo había sido por el miedo que le provocaba verme volar, pero también por el gasto que suponía su mantenimiento. Ahora lo era porque en aquella gran terraza

168

ocuparía bastante espacio y eso podía resultar un problema para las fiestas que tenía pensado organizar cuando estuviéramos instalados.

Entramos a vivir cuando el olor a pintura fresca aún invadía las estancias de la casa y con la alegría desmedida de Alán, que en vez de alquilar el ático parecía haberlo comprado. Daba instrucciones a los empleados de la mudanza, iba y venía tras ellos dirigiéndolos como lo habría hecho un niño que disfrutara de un regalo inesperado. Era feliz, o al menos lo aparentaba. Durante los días anteriores al traslado y en el de la mudanza no vi a Elda ni a Ecles, y tampoco a Desmond, pero los sentía próximos, cercanos a mí. Estaban en el olor a barniz que desprendía la barandilla de la escalera del portal, en el color de las flores de la tienda de Amaya y en los rincones sombreados, las esquinas o los chaflanes donde no daban los rayos del sol. Sabía que nos encontraríamos, no podía ser de otra forma, pensé la primera noche, apoyada en la valla de la terraza, mientras observaba cómo Amaya cerraba la verja de la tienda y después se encaminaba hacia la boca del metro.

—Coloco los CD y cenamos —me dijo Alán con varios discos en la mano.

—Tranquilo, no tenemos prisa. Deberías parar un poquito, aminorar el ritmo. Estás tan acelerado que parece que no hay un mañana —le respondí, y volví a mirar hacia la calle.

—Buenas noches —me saludó alguien. Era Desmond, quien dejó varios libros que llevaba en las manos sobre la valla que separaba nuestras terrazas. Al oír su voz, el corazón se me encogió—. Soy Desmond. Imagino que Antonio os habrá hablado de nosotros, de Ecles y de mí —explicó—. Quería presentarme antes de marcharme a trabajar. Ecles me ha pedido que os dé la bienvenida de su parte, no podía venir conmigo.

Alán se acercó a él y le tendió la mano.

Yo no podía moverme, fue como si me hubiera dado un ataque repentino de apoplejía. Recordaba el anterior encuentro, aquel primer encuentro con él, tan distinto al que estaba sucediendo en aquellos momentos. No sabía qué hacer o qué decir. Tenía el corazón en un puño y el alma y los pensamientos descarriados. Alán se encogió de hombros, me miró y levantó las cejas, dándome a entender que no entendía mi mutismo. Entonces me acerqué a Desmond y le tendí la mano. Él, en vez de estrechármela, se acercó y me dio un beso en la mejilla. Un único beso que me bastó para saber que entre nosotros había sucedido algo. Había ocurrido, estaba segura de ello, pero no sabía qué había sido, en qué momento o lugar había pasado ni si volvería a ocurrir alguna vez, pensé sobrecogida por la sensación turbadora que me produjo el roce de sus labios.

—¿Son sobre brujería? —le pregunté, intentando airear el ambiente enrarecido que se había creado a causa de mi silencio. Señalé los libros que momentos antes había dejado sobre la valla de la terraza.

—No exactamente, pero se le acercan. Tratan sobre pócimas y ungüentos preparados con plantas. Se los voy a prestar a una amiga. ¿Te gustan los libros sobre brujería? —me preguntó.

—Más bien le apasionan —respondió Alán por mí.

—¿Quién de vosotros vuela en ala delta? —quiso saber, al tiempo que señalaba la vela.

—Ella. Bueno..., volaba, hace tiempo que no la utiliza. Es por mi culpa, me da miedo que le suceda algo —dijo Alán.

Me agarró por la cintura y me dio un beso en la mejilla, en el mismo sitio donde lo había hecho Desmond hacía unos segundos. Sin embargo, el suyo fue un beso diferente: no consiguió borrar el anterior, no deshizo el rastro que el paso de los labios de Desmond había dejado en mi piel.

—¿Se te ha comido la lengua el gato? —dijo Desmond mirándome, sin prestar atención a las palabras de Alán.

—¿Cómo? —repuse contrariada y nerviosa por la reacción que Alán podía tener ante la falta de tacto de Desmond, que solo tenía ojos para mí.

—Como no respondes a nada... Todo lo dice él por ti —expuso, señalando a mi novio.

Alán lo miró con expresión de gallo de pelea y, por unos momentos, tuve la sensación de que estaba pensando en soltar un manotazo sobre el dedo índice de Desmond, con el que lo señalaba sin el más mínimo respeto ni pudor.

—Perdona, estaba mirando los títulos de los libros. Lo siento, ¿qué me has preguntado? —dije al tiempo que le daba a Alán un pequeño puntapié en el tobillo, indicándole que se contuviera.

—No te preocupes. Te decía que tengo más libros sobre este tema. De hecho, creo que tengo casi todo lo que se ha escrito sobre brujería. Bueno, para ser honesto, no los tengo yo porque no son míos, pero los utilizo casi como si lo fuesen. Pertenecen a la biblioteca de la madre del casero, de Antonio. Le cuido la casa desde que ella, Claudia, falleció. Y, claro, tengo una especie de patente de corso —me explicó.

—Antonio ya nos comentó algo sobre ello —le dije.

—Puedo prestarte los que quieras. A mí me apasionan estos temas, todo lo referente a lo paranormal. La magia es tan necesaria en la vida como lo es el aire para respirar y para volar en esa maravillosa ala roja que tienes ahí abandonada. Espero que algún día me lleves a surcar el cielo contigo. Con tu permiso, por supuesto —dijo, esta vez dirigiéndose a Alán, pero él no le respondió.

—Hace tiempo que no vuelo en ella y, aunque lo hiciese, no tengo la preparación necesaria para llevar a nadie conmigo —le expliqué.

—Mañana, cuando busque los ejemplares en casa de Claudia, si quieres te los paso y miras a ver si hay alguno que te interese. —Se volvió hacia la ventana de su terraza y señaló un cajón de madera de haya negra con símbolos pictos grabados en los laterales—. Ahí tengo unos cuantos, los estoy clasificando dentro de esa gaveta. Es un cajón tan peculiar como los libros, por eso los guardo ahí. Lo encontré en el altillo que había en vuestro ático. Ecles y yo arreglamos una avería de agua. Antonio no lo quería para nada, pero a mí el cajón me pareció una obra de arte —dijo mientras me miraba con una expresión que me resultó demasiado familiar y que parecía esperar una respuesta mía, que no le di—. Bueno, no os molesto más. Es tarde ya. Encantado de conocerle, señor Castelar —dijo dirigiéndose a Alán y le tendió la mano de nuevo. Pero Alán no respondió a su despedida, sino que dio media vuelta y entró en casa—. Nos vemos, escocesa.

Cogió los libros y se marchó.

—Ese vampiro es imbécil —comentó Alán desde dentro del salón, pero yo no le respondí. Aún seguía mirando la gaveta que Desmond había señalado y que, sin lugar a dudas, era la mía—. Diana, ¿qué pasa? ¿Se te ha comido la lengua el gato? —Estaba molesto—. ¿O fue el vampiro quien lo hizo? —apostilló con sarcasmo.

—No le llames «vampiro» —le dije, haciendo un gesto con la mano para que volviera a la terraza—. No sé a qué viene eso.

—Porque está a medio cocer, ¿o es que no has visto lo pálido que es? Y él, ¿por qué me ha llamado «Castelar»? Eso no te importa, ¿verdad? Que haya insinuado que yo hablo tanto como lo hacía Castelar es de mal gusto, pero, claro, para ti eso es lo de menos.

—No creo que lo haya hecho con mala intención. Es ocurrente, nada más —le dije sin poder contener la risa, y le di un beso en la mejilla.

—Qué divertido, ¿no? A ti te parecerá divertido, pero a mí no me hace ni pizca de gracia —replicó, aún enfadado—. Antonio dirá lo que quiera, pero este tipo es un idiota, un impresentable. Te ha tirado los tejos en mis narices. Porque, a ver, ¿por qué te ha llamado «escocesa»? —preguntó.

—Pues por lo mismo que me lo llaman otras personas —le respondí, encogiéndome de hombros—, por mis rasgos físicos. Mucha gente lo hace. Tú, sin ir más lejos, me llamabas así cuando comenzamos a salir, pero ya no te acuerdas. Hay muchas cosas que has olvidado de mí. Te has acomodado, Alán —puntualicé, pero él omitió mi comentario.

—Pues por eso mismo, porque recuerdo muy bien cómo y por qué te lo llamaba yo, sé que es un oportunista y un impresentable. ¡No quiero volver a verlo por aquí!

—Pues lo tienes un poco difícil —le dije—. Somos vecinos, estamos casi pared con pared. Bueno, sin el «casi» —concluí, mirando el tabique de nuestro salón que lindaba con el de Desmond.

—Voy a meter las pizzas en el horno, porque al final tú y yo terminaremos discutiendo y es nuestro primer día aquí, ¡qué mal rollo!

—Creo que el único que quiere discutir eres tú —repliqué, pero no me respondió. Se fue a la cocina y yo me quedé en la terraza.

Cogí el teléfono móvil y, tal como le había prometido a Samanta, le mandé un *whatsapp* con varias fotos que había ido haciendo del ático:

Me he dejado llevar y, ¿sabes?, ha ido como me dijiste: la inercia de los acontecimientos funciona.

Enseguida recibí su respuesta:

Me alegra leer eso, brujita. Tengo que contarte algo. Lo tuyo es alucinante, nena. Una vez más, acertaste. ¿Cómo pudiste saberlo? No lo entiendo.

Animada, le contesté:

Dale recuerdos de mi parte y dile que te trate bien. Mañana hablamos, ahora no puedo, tengo a Alán con las neuronas patas arriba y sin cenar.

Apagué el WhatsApp y al hacerlo noté que *Senatón* me daba empellones en los tobillos. Lo cogí en brazos y, emocionada, le susurré al oído:

—Te echaba de menos. Pensé que no volvería a verte, bichito, creí que te habías marchado para siempre.

—¿Es un gato? —preguntó Alán, que venía con los vasos y los hielos en la cubitera—. Es feísimo, parece egipcio. ¿De dónde ha salido?

—Se llama *Senatón* —le respondí—. Lo pone en la chapa de su collar.

Sonreí feliz al ver que Alán ya podía verle, que poco a poco y por inercia los acontecimientos se normalizaban.

—Se habrá extraviado —dijo él, sujetando la chapa para leerla—. Mañana vas y lo llevas al veterinario para que le busquen el microchip. Seguro que es de una de las casas cercanas. Pobrecito, tiene las orejas congeladas, y eso que no hace frío. A saber el tiempo que lleva perdido por los tejados o las terrazas —dijo acariciándolo y mirando después la terraza de Desmond—. Aunque lo mismo es del déspota ese, de tu vampiro —concluyó irónico—. Oye, ¿no estarás pensando en quedártelo? —me preguntó al ver cómo lo acurrucaba...

Me acerqué a la barandilla y contemplé la calle con *Senatón* en brazos. Vi a Desmond despidiéndose de la florista y sus libros en las manos de ella. Antes de irse miró hacia la terraza y sonrió. Tal vez él también me recordaba, pensé. Quizás, me dije, apartando la vista de sus pasos. Los comercios iban echando el cierre, el tráfico disminuía y el ruido ensordecedor de los motores de los coches se iba atenuando. La luna expandía su claridad en aquel cielo sin estrellas. Abajo, enfrente, un hombre alto y escuálido, vestido con gabardina, sombrero negro y guantes, permanecía apoyado en una farola cuya luz se encendía y apagaba intermitentemente. Parecía mirarme. Era la misma persona que había intentado entrar en la tienda de Claudia el día en que Alán y yo compramos la piedra malva. El mismo hombre que se hizo pasar por Elda en aquel futuro que había perdido. El mismo que me llamó desde la tienda de Amaya. Aún iba detrás de mí, siguiéndome los pasos.

—¿Tendrá hambre? —dijo Alán acariciando a *Senatón*—. Voy a sacar las pizzas y cenamos.

No le contesté. Mis pensamientos estaban con aquel extraño individuo.

—¿En qué piensas? Te lo compro —me preguntó Alán al ver que no le respondía.

—En lo que ha cambiado todo —le dije—. El futuro es imprevisible. No existe.

***

Al día siguiente, antes de desembalar y sin despertar a Alán, busqué un sitio donde poder adquirir ladrillos. Tuve que desplazarme al extrarradio, hasta un polígono industrial. Lo hice con la imagen de aquel individuo grabada en las retinas, con sus amenazas y sus burlas resonándome en los oídos, y con las explicaciones de Antonio sobre el polvo de ladrillos dándome vueltas en la cabeza y adecuando mis intenciones. Aún no había conocido a Claudia, esperaba hacerlo, pero mientras eso sucedía, hasta que ella me entregase su escoba, necesitaba recurrir a lo que fuese para protegerme de aquel extraño ser.

Alán se despertó casi a mediodía debido a los golpes que yo estaba dando a los ladrillos que había comprado. No se acercó a la terraza hasta que dio el primer sorbo al café, como era habitual en él.

—¿Desde qué hora llevas levantada? —me preguntó aún somnoliento, con el cuenco rojo en su mano izquierda y el café en la derecha—. Por cierto, este bol es precioso, ¿cuándo lo compraste? —Y lo levantó enseñándomelo.

Me incorporé como un resorte y se lo quité.

—Hace ya tiempo, en un mercadillo callejero. ¿Por qué lo has cogido? No es para usarlo, no se puede utilizar. No quiero que se rompa —le dije alterada al pensar que podía haber echado el café dentro de él, y lo coloqué con cuidado en la balda más alta de la estantería del salón, que aún estaba vacía.

—Cielo, ese absurdo fetichismo tuyo con los objetos terminará dándote problemas —me dijo al tiempo que me acariciaba la frente. Me cogió la mano y al hacerlo enarcó las cejas—. ¿Qué es esto? —Estaba observando la palma y las yemas de mis dedos, teñidas del polvo rojo de los ladrillos que había machacado con un martillo—. Dime que no, que no es lo que pienso —añadió y, acto seguido, miró al suelo, hacia la entrada de la casa.

—Sí, lo es —respondí, soltándome de él, y me dirigí a la terraza a por la botella de cristal donde había ido introduciendo el polvo rojo.

—Sigues creyendo en la magia. Ahora no es la gaveta, que, por cierto, ¿dónde está? Hace tiempo que no la veo. Tampoco tu libro. —Miró las cajas de cartón apiladas unas sobre las otras—. Ahora es ese cuenco tibetano y el polvo de ladrillo de Antonio.

—Es curioso que, después de tres años juntos, ahora te molesten mis supersticiones. Antes te encantaban, o al menos eso decías. Incluso me pedías que jamás me convirtiese en una *muggle*, ¿recuerdas? —le pregunté desafiante.

—Me siguen gustando, todo lo tuyo me gusta, solo que no quiero que vuelvas a obsesionarte. Ese polvo no sirve para nada, es una creencia absurda —dijo, y se agachó bajo el marco de la puerta de entrada del ático—. Explícame, ¿cómo va a protegerte algo que se va con un simple soplido? —expuso, seguro de lo que decía, y sopló sobre él con todas sus fuerzas. Sin embargo, el polvo rojo no se movió ni un milímetro de donde yo lo había colocado.

—Eres un *muggle*, Alán, y lo peor de todo no es eso, lo peor es que no quieres dejar de serlo. Te falta fe. Y sin fe la existencia es de plástico, no tiene vida. Se recicla una y otra vez, sí, pero todo lo que nace de ella está igual de muerto que lo estaba al comienzo.

Él seguía intentando retirar el polvo rojo del suelo sin escucharme.

—Le has puesto algo para que se fije, ¿verdad? —me preguntó, aún incrédulo.

Me agaché y pasé la yema de los dedos por encima. El polvo se adhirió a ellos y se lo mostré.

—Bueno. No sé lo que habrás hecho, pero que te quede claro que solo pretendo que estés bien, que no vuelvas sobre tus pasos. No quiero que te obsesiones de nuevo...

Sabía que Alán no conseguiría retirarlo, que, hiciese lo que hiciese, aquel ladrillo triturado seguiría allí aunque pasase sobre él un tornado. Lo había puesto yo y lo había hecho con esa intención, con esos pensamientos, con el deseo profundo y firme de que me protegiese, y eso era lo que estaba haciendo: protegerme.

Había que tener cuidado con lo que se deseaba porque podía cumplirse, me dije, recordando el pedazo de papel en el que le había mandado un mensaje a Desmond, aquel trozo de papel que recogió mis pensamientos, mis deseos, y los trasformó en palabras sin que yo las escribiese. En aquellos momentos estaba segura de que podía hacer muchas cosas que para los *muggles* siempre serían incomprensibles.

***

Esa noche Alán se acostó rendido. Se había empecinado en terminar de desembalar aquel mismo día y no paró hasta conseguirlo. Apagué la luz del dormitorio y lo dejé en la cama, porque yo, a pesar del cansancio, no podía dormir. Habían sucedido demasiadas cosas, demasiados acontecimientos extraños, demasiados sentimientos que no podía ni quería controlar... También quedaban demasiadas incógnitas por resolver.

Entorné la puerta y salí a la terraza. Desplegué la vela roja, cogí uno de sus extremos y lo puse sobre mis hombros. Al hacerlo, comenzó a soplar el viento, que levantó parte de la tela. Debía prepararme para volver a surcar el cielo. Tal vez no necesitase escoba para volar, como había dicho Claudia, pensé mirando hacia su terraza. Quizás nunca la había necesitado, me dije acariciando el tejido de la vela que se había adherido a mis hombros como si fuese parte de mi piel. A fin de cuentas, era una bruja, siempre lo había sido y siempre lo sería, pensé mientras me elevaba en el aire. Y, al hacerlo, fui consciente de que mi historia, la historia de una bruja contemporánea, había comenzado en aquel momento. Mi futuro aún no estaba escrito, pensé recordando todo lo que me había sucedido ese verano y todo lo que aún quedaba por pasar.